Le Feu de la Vengeance

Jessica Fièvre

Le Feu de la Vengeance

Jessica Fièvre

Lors de sa première édition, cet ouvrage a bénéficié du soutien de la Compagnie Financière d'Investissement S.A. (CFI), Jess Enterprises, et Haïti Blocs.

Note de l'auteur:

Je voudrais remercier d'une façon spéciale:

Madame Marlène Fièvre
Madame Yannick Legros
Monsieur Robert Lemaine

Ma mère Carmita Aubry Fièvre,
mes soeurs Patricia, Jennifer, & Nathalie
ainsi que mon époux Hector

Imprimé aux Etats-Unis
www.fievrerouge.com

Deuxième Edition, 1er août 2014

ISBN-13: 978-0-9910821-5-5

Cover Photo: Courtesy Dreamstime
Cover Design: Raptor Jesus

JESSICA FIÈVRE

Michèle-Jessica (M.J.) Fièvre, détentrice d'une maîtrise en création littéraire, est la directrice de publication de *Sliver of Stone Magazine*, aux États-Unis. Romancière classée à plusieurs reprises au tableau des meilleures ventes de Livres en Folie, elle publie également des nouvelles en anglais dans diverses revues américaines, telles que *The Southeast Review*, *Saw Palm*, et *The Nervous Breakdown*. Sa nouvelle, La Chanson du Bouc, se trouve dans l'anthologie *Une journée haïtienne* (textes réunis par Thomas C. Spear. Montréal: Mémoire d'encrier / Paris: Présence africaine, 2007: 101-106.) et sa nouvelle, The Rainbow's End, fait partie de *Haiti Noir* (Akashic Books, 2011), collection éditée par Edwidge Danticat.

Jessica Fièvre est l'une des romancières haïtiennes les plus prolifiques de son époque. Découvrez son aventure littéraire, sa fièvre d'écrire, les raisons qui la poussent à créer, ses références, tout ce qui la rattache à la plume.

« Jessica Fièvre a choisi d'écrire dans un style mystérieux relatant l'imaginaire et le réel haïtien. Avec une verve à nulle autre pareille, Jessica nous transporte dans un univers intemporel empreint de merveilleux, de romantisme et de suspens. »

Alessandra LEMOINE

« MJF est, de toute évidence, un créateur qui n'a pas peur des mots; elle semble même les avoir apprivoisés pour pouvoir les façonner à sa manière. »

Margaret PAPILLON

Jesika
Fyèv
bousiko
2012
bousiko
2012

Pour Papa Julio…

LE FEU DE LA VENGEANCE

CHAPITRE 1

L'autobus roulait lentement sur la Nationale Numéro Un. Les plafonniers avaient été allumés afin de permettre aux voyageurs de se livrer à une occupation quelconque. A travers la vitre, je m'abîmais dans la contemplation d'un coucher de soleil splendide. Après un moment, je consultai ma montre. Huit heures un quart. Je poussai un long soupir d'impatience. Déjà trois heures depuis que ma mère et moi voyagions en direction de ce coin perdu où nous conduisaient les caprices de la vie. La Vallée Sauvage se situe aux environs du Cap, la ville la plus importante du Nord d'Haïti. Je n'en avais jamais entendu parlé, avant la semaine dernière ; quand mes parents m'avaient annoncé que nous allions quitter notre luxueux quartier résidentiel, à Port-au-Prince, pour un petit village isolé dans la nature, la surprise m'avait laissée bouche bée. Et par une fraîche soirée du mois d'octobre, je me retrouvais dans un bus couvrant le trajet Port-au-Prince/Cap-Haïtien, bondé de voyageurs dont la plupart étaient des touristes émerveillés par la beauté du paysage.

Je pris dans ma valise un livre qui se révélait très intéressant. Je l'avais presque terminé d'ailleurs. Ecrit par un Haïtien, tous les mystères du vaudou y étaient évoqués. Cet ouvrage m'avait, dès les premières lignes, beaucoup effrayée, surtout avec cette histoire de zombification. Il paraît que les adeptes de ce culte empoisonnent parfois leurs ennemis par une mixture à base de feuilles et d'arêtes pulvérisées d'une certaine variété de poissons venant de Chine. Ce mélange donne à ceux qui l'absorbent toutes les apparences de la mort, et le lendemain de leur inhumation, ils sont déterrés pour devenir des êtres sans volonté au service de leurs « assassins ». Comment fait-on pour les garder vivants sous terre ? Mystère…

J'étais encore plongée dans ma lecture lorsque le véhicule s'arrêta. Nous étions arrivés à la station de la Vallée Sauvage. Un croissant de lune se dessinait dans le ciel étoilé et une brise légère soufflait sur le village endormi. Un taxi nous attendait, ma mère et moi. Nous n'avions que peu de choses à transporter. Le camion des déménageurs avait presque tout embarqué la veille. Quant aux paquets restés à Port-au-Prince, mon père, encore là-bas, s'en chargerait.

Après quelques minutes, nous arrivâmes à destination. Notre maison était tout carrément lugubre, à faire frémir les plus courageux. En fait, ce n'était pas une maison mais plutôt une sorte de château en ruines, qui rappelait étrangement ceux des films d'horreur. Lorsque j'y pénétrai, je sentis un frisson me parcourir. Une main se posa alors sur mon épaule. Je ne pus m'empêcher de sursauter. Ce n'était que ma mère. Cette vieille bâtisse lui plaisait beaucoup, et l'odeur de moisi qui y régnait ne semblait pas la déranger. Il fallait vraiment que mes parents perdissent la tête pour penser s'installer dans un endroit pareil !

Je me laissai tomber dans un fauteuil en signe d'impuissance. Je pensai alors que nous n'étions seulement qu'à quelques semaines du premier novembre, la veille du jour des morts. Cette date m'avait toujours marquée, parce que mon cousin Alexandre s'amusait souvent à m'effrayer lorsque j'étais petite en évoquant le premier novembre. Il me disait que cette nuit-là, tous les mauvais esprits erraient librement sur terre et faisaient le plus grand mal dès que l'occasion se présentait. Je me demandais comment diable avais-je pu croire à toutes ces sornettes. Mais j'allais bientôt découvrir… Oh !

Abandonnée par ses propriétaires quinze ans auparavant, la maison n'avait jamais été habitée depuis. Elle était bien plus grande qu'elle ne le paraissait au premier coup d'œil. Chacune des pièces, du sous-sol au troisième étage, était extrêmement vaste.

Ce qui me frappa tout d'abord dans l'atmosphère hostile de ces pièces mal éclairées, fut la multitude de tableaux accrochés aux murs, particulièrement dans l'un des couloirs du rez-de-chaussée que je surnommai intérieurement le couloir aux tableaux. A les regarder, c'était effrayant : des monstres, des fantômes… L'une des peintures attira mon attention. L'auteur avait dessiné avec grossièreté des tambourineurs, et des femmes aux visages effrayants qui dansaient autour d'un grand feu en brandissant des couteaux…

J'imaginais tous ces roulements de tambours dont la résonance faisait accélérer les battements du cœur, dans la chaleur étouffante du feu. Sans trop savoir pourquoi, ce tableau m'était étrangement familier…

Au fond de la scène se tenait un homme qui apparemment était le maître de cérémonie. Sa tenue vestimentaire répondait à la description des bòkòs, c'est-à-dire des prêtres du vaudou. Il était tourné vers un enfant, tout de blanc vêtue. Cette dernière, un peu plus en arrière, avait les yeux éteints et le visage d'une pâleur cadavérique. Lorsque mon regard se posa sur elle, je ne pus retenir un cri, et fermai les yeux : cette enfant… c'était moi !

Après quelques secondes, je rouvris les yeux et, prenant mon courage à deux mains, je regardai de nouveau la toile. En détaillant bien la fille, je me rendis compte qu'entre elle et moi, il y avait quelques petites différences. Mais la ressemblance demeurait terriblement frappante. Je tremblais de tous mes membres, médusée par ce tableau. À part la couleur des yeux et la taille, c'était moi. Les mêmes cheveux noirs pailletés de brun et le nez rectiligne hérité de ma mère… Les mêmes lèvres épaisses…

Mon trouble était si grand que des larmes me vinrent aux yeux. Miséricorde ! Je m'approchai de plus près afin qu'aucun détail ne m'échappât. Je me mis à la recherche du nom du peintre. Introuvable. Il n'était pas difficile de deviner que ce tableau n'était pas du même auteur que les autres toiles. Celles-ci étaient toutes signées d'Arnold Leconte (et je me rappelai qu'il s'agissait de l'ancien propriétaire de la maison).

« Stéphanie ? »

C'était ma mère. Le cœur en bataille, je montai l'escalier branlant en courant, prenant soudain conscience de ma profonde solitude dans ce grand couloir désert. Je me souciais peu des marches pas très solides. Je savais bien que je risquais de me briser les os, mais la peur me donnait des ailes. Lorsque je rejoignis ma mère, à l'étage, j'étais toute palpitante.

« Mais qu'est-ce qui t'arrive ? me demanda-t-elle. Tu es presque aussi blanche qu'un linge. On dirait que tu viens de tomber sur un fantôme… »

Oh, Bon Dieu ! Si elle savait !

Les chambres à coucher étaient les seules pièces à avoir été nettoyées. La mienne était composée d'un mobilier très simple. Tout semblait pour le mieux. La seule chose qui m'inquiétait : je me retrouvais très éloignée de ma mère. Je me couchai en soupirant. Puis je me relevai. J'avais oublié d'éteindre la lumière. J'en profitai pour prendre un petit poste de radio dans mon sac de voyage. Je baissai l'interrupteur et me recouchai. La voix du speaker n'avait rien de très apaisant :

« Minuit… L'heure du crime et du mystère… Une femme, à la main… un couteau ! Qui est-elle ? Que veut-elle ? Mystère… »

Je m'empressai de chercher une autre station. Je trouvai enfin une musique douce, et me laissai bercer. Je pensai à tous ceux-là que j'avais laissés à Port-au-Prince, à ma cousine Hélène et à nos ballades à Léogâne pendant les vacances. C'est un coin superbe, au bord de la mer, où les cocotiers, les amandiers foisonnent, tandis que les petits oiseaux viennent se poser aux pieds des gens. La propriété de mon oncle à Léogâne est petite mais plaisante, et le chant des oiseaux ainsi que le murmure des vagues échouant sur le rivage donnent à la nature un charme enchanteur. A deux cents mètres de la côte, au milieu de l'eau salée, se dresse l'île Pointaca. L'hôtel qui s'y trouve est original et très moderne. Les jardins qui l'entourent verdoient. Je croyais sentir encore la brise légère de Pointaca me caresser la joue et l'odeur délicate de l'océan me chatouiller les narines.

Et mes amies ?

Anne-Valérie, Alice et Maureen, mes copines de toujours, me manquaient terriblement. Je me demandais si, de leur côté, elles pensaient à moi. Sans doute, puisque nous étions les meilleures amies du monde...

Finalement, je m'endormis.

Mon sommeil fut troublé par toute une série de cauchemars.

Le lendemain matin, il faisait agréablement frais et une bonne odeur de café au lait me parvenait de la cuisine. J'enfilai rapidement un déshabillé et descendis déjeuner. Je me mis alors à éternuer. Toutes les pièces étaient extraordinairement poussiéreuses. La ménagère chargée de donner à la maison un minimum d'entretien ne venait plus depuis longtemps.

« Il faudra se mettre rapidement au travail ! dis-je à ma mère après l'avoir embrassée. »

Elle acquiesça.

Ma mère nous avait préparé un petit festin. Je mangeai telle une louve affamée. Gourmande, j'appréciai le fromage soufflé, les saucissons, ainsi que les pommes de terre sautées qui disparurent en un rien de temps. Je finis mon déjeuner par un grand verre de lait.

Ma mère me tendit alors une feuille de papier.

«Va m'acheter tout ceci à l'épicerie du coin, tu veux ? J'espère que cela ne te dérange pas trop, ajouta-t-elle en souriant. »

Me déranger ? Bien au contraire ! Je mourrais depuis longtemps d'envie de visiter les environs, et ma mère le devinait.

« Le repas fut appétissant, fis-je remarquer. »

Le cordon-bleu sourit.

« A quelle heure papa arrive-t-il ? demandai-je.

– A midi, sans doute. »

Georges Picourt, c'est mon père. Mais lorsqu'il m'arrive de me comparer à lui, j'en doute parfois, car physiquement nous nous ressemblons autant que l'eau et le feu. Cependant, j'ai hérité de son enthousiasme et de son caractère expansif. Mais je demeure terriblement poltronne.

Mon père était resté à Port-au-Prince régler quelques derniers détails ayant rapport au déménagement. Il devait bientôt être ici, avant la tombée de la nuit.

Je pris la liste que me tendait ma mère avant de me mettre en route. A part notre château, toutes les maisons du quartier étaient plutôt de style moderne et la vie à la campagne semblait très paisible. Le soleil éclatait, et chacun donnait l'impression de respirer la joie de vivre.

Au loin, j'apercevais la Citadelle La Ferrière perchée au sommet d'un morne, le Bonnet-à-L'Evèque. Elle a été édifiée par le roi Henri Christophe, qui avait la passion des monuments. Je comptais me rendre sur les lieux à la première occasion.

Je trouvai l'épicerie après quelques minutes de marche. C'était une petite maison peinte de rose et de gris. Elle se voulait simple, mais la tourelle dont elle était surmontée lui donnait un caractère médiéval.

Une femme d'un certain âge, au visage ouvert et sympathique, m'accueillit chaleureusement, un large sourire aux lèvres. Ses cheveux argentés étaient remontés en un chignon sévère, et ses yeux couleur tamarin, qui disparaissaient derrière de petites lunettes, pétillaient de malice.

Elle avait dû être très belle dans sa jeunesse, et sans doute n'avait-elle jamais pu compter le nombre de ses admirateurs. Bien qu'elle fût au soir de sa vie, cette femme avait encore l'allure d'une grande danseuse. Pour peu, j'aurais dit qu'elle faisait encore le ballet.

« Bonjour, madame, lui dis-je en répondant à son sourire. Beau temps, n'est-ce pas ?

– Comme toujours ! Puis-je vous aider ?

Oui, s'il vous plaît. Je voudrais vous acheter deux paquets d'œufs, un sachet de pain et une livre de fromage.

– Très bien... Comment vous appelez-vous, mon enfant ?

– Stéphanie Picourt. »

La vendeuse n'arrêtait pas de me dévisager.

« Ah ! fit-elle. C'est bien ce que je pensais... Tu es la fille des nouveaux propriétaires de la maison du coin, n'est-ce pas ? »

Etait-ce le fruit de mon imagination, ou bien avait-elle réellement pâli ?

« En effet, c'est moi, répondis-je. »

Elle prit un air catastrophé, et dit d'un ton très mystérieux :

«Vous avez beaucoup de courage, pour ainsi oser habiter ce château. Ne savez-vous donc pas qu'il est hanté ? »

A ma place, vous lui auriez probablement ri au nez. Mais, hier soir, le chauffeur de taxi avait fait une réflexion du même genre. Je ne pus donc m'empêcher de frissonner. Hanté ? Se moquait-on de moi ? Cette femme était loin de ressembler à une farceuse. Je l'encourageai à en dire davantage :

« Hanté ? Que voulez-vous dire ?

– Tu ne sais vraiment pas de quoi je veux parler ? »

J'étais de plus en plus intriguée. Et je dois avouer qu'au plus profond de moi-même, j'avais un peu peur. La femme n'attendit pas de réponse pour continuer. Elle devait être très bavarde.

« Ma fille, me dit-elle, assieds-toi. Je vais tout te raconter. »

Elle me désigna une chaise à côté du comptoir. Je pris place. Et... voici l'histoire qu'elle me raconta. Une histoire à vous glacer le sang... Cela se passait il y a fort longtemps, dans un quartier de province. Ici. Pendant la journée, ce quartier était toujours très animé. Mais... la nuit... chacun préférait s'enfermer chez soi à double tour. Nul ne sortait. Les rues étaient désertes...

Vous allez certainement vous demander pourquoi cette attitude bizarre. Eh bien, c'est parce que la plus grande maison de ce quartier, surnommée le château-fort, avait une drôle de réputation : on la disait hantée...

Il s'agissait d'un genre de château (d'où le surnom château-fort) dont tous les voisins enviaient l'architecture. Mais il paraît que même lorsqu'il régnait la plus torride des chaleurs, et que les habitants transpiraient à grosses gouttes... eh bien, les arbres qui entouraient cette habitation secouaient si violemment qu'ils en perdaient toutes leurs branches, et que le sol en tremblait. Plusieurs personnes essayèrent d'expliquer ce phénomène. En vain. La plupart disparurent mystérieusement, si bien que l'on n'osa plus jamais s'aventurer près de cette maison, une fois la nuit tombée.

La propriété appartenait alors à Xavier Leconte. A entendre plus d'un, ce monsieur était un vieux fou. Il avait pourvu la maison d'un souterrain la reliant à une autre propriété que son fils Arnold vendit sitôt le décès de son père. Nul n'avait pu découvrir l'entrée du passage secret, non signalée dans le testament. Personne. Non ? Une jeune fille l'avait bien découverte. Mais elle disparut mystérieusement et ses restes, brûlés, furent retrouvés peu de temps après. On raconta qu'elle avait été victime des forces maléfiques habitant la propriété…

Une horloge sonna douze coups. Je fis un effort pour sourire à Madame Bato, la conteuse.

« La nuit dernière a été très calme, lui fis-je remarquer. Et de toute façon, nous ne croyons pas aux fantômes…

– Je vous assure que vous avez tort, répondit-elle, l'air indigné. En tout cas, suivez ce conseil : méfiez-vous. »

Je lui promis de garder l'œil ouvert ; j'affirmai être sûre cependant que tout irait bien.

Mon ton était loin d'être convaincant. Pourquoi donc avais-je tremblé de tous mes membres ? Je pris rapidement congé de l'épicière, après qu'elle eut emballé le fromage et le pain. Elle nous promit de nous envoyer plus tard les œufs que le fermier n'avait pas encore livrés.

Une fois dans la rue, j'essayai de me raisonner. Les fantômes n'existaient pas, et je n'allais pas laisser une détraquée mentale perturber ma vie. Je m'imaginai, demandant à ma mère :

« Que mange-t-on aujourd'hui, maman ? »

Elle me répondrait :

« Salade aux œufs, œufs bouillis, omelette… Enfin, tout aux œufs.

– En parlant d'œufs…, lui dirais-je, dans la boutique, j'ai rencontré une vieille folle qui me disait que la maison était hantée.

– Quelle maison ? me demanderait-elle.

– Ici, pardi ! »

Elle prendrait alors une expression catastrophée et dirait :

« Eh bien, je vais téléphoner à ton papa. Retour à Port-au-Prince sur-le-champ. »

Ce petit dialogue imaginaire me fit sourire, me changeant les idées. Je ne tardai pas à arriver réellement à la maison où je trouvai ma mère, armée d'un chiffon et d'un balai.

« Tu t'étais égarée ? me demanda-t-elle entre un coup de brosse et un éternuement. »

Je hochai la tête en signe de dénégation, et je me mis moi aussi à la tâche. Faire le ménage était quelque chose de tout nouveau pour moi et je m'en serais passé bien volontiers. Mais, nous ne nous étions pas encore lancées à la recherche d'une ménagère. Je n'arrêtais pas de tousser, et les yeux me picotaient. A deux heures de l'après-midi, notre travail était à peine entamé. Les seules pièces que nous avions réussi à rendre plus ou moins agréables, ou du moins présentables, étaient le living-room et la salle à manger. Elles étaient loin d'avoir été passées au peigne fin mais, tout de même… c'était mieux que rien !

Quant à mon père, il n'était toujours pas encore arrivé. Je ne savais pas si je devais ou non me faire du souci. La route du Cap était très dangereuse et mon père conduisait toujours très vite… Toutefois, je conclus : « Pas de nouvelles, bonnes nouvelles. »

La température avait terriblement monté, et j'étais toute humide de sueur. En me regardant au miroir, j'éclatai de rire. Mon visage était complètement noirci par la poussière. Il en était de même pour ma tignasse carrément grisonnante. Je me précipitai à la salle de bain où je pris une bonne douche et me lavai les cheveux.

Ensuite, je décidai d'explorer un peu les coins et recoins de la maison. Je n'étais pas retournée dans le couloir aux tableaux. En repensant à cette expérience, je sentis mon sang se glacer. Je descendis au rez-de-chaussée, puis au sous-sol. Toute petite, j'aimais partir à la découverte dans les grandes maisons. Ce qui m'intéressait surtout : le grenier et la cave. Ici, le grenier était plein à craquer de vieilleries. Je n'avais jamais vu autant de boîtes dans une pièce. Comme je prenais la décision de les débarrasser l'une après l'autre, la sonnerie de la porte d'entrée retentit.

Etait-ce mon père ? J'en doutais. Il n'était pas du genre à se faire annoncer.

Lorsque j'ouvris la porte, ce fut pour découvrir une jeune fille, sans doute du même âge que moi, se tenant sur le perron, les mains aux hanches.

J'appris par la suite qu'il s'agissait de Rébecca Dehrmann, habitant à quelques minutes d'ici. Elle me rappelait étrangement Vanessa O'connell, un mannequin américain très connu à Port-au-Prince. Ses cheveux d'un brun léger étaient retenus en une natte épaisse. Ses yeux marron étaient surmontés de fins sourcils arqués. Et sous son nez rectiligne, une bouche aussi pulpeuse qu'un fruit tropical. Elle était très jolie, avec une silhouette élancée, et semblait très sympathique.

Elle me sourit, découvrant deux rangées de dents parfaitement blanches. Je l'invitai à entrer. Elle me tendit un sachet contenant deux paquets d'œufs. Comme je l'avais un peu deviné, elle venait de la part de Madame Bato.

Tout s'annonçait bien. A peine arrivée, j'étais déjà sur le point de me faire une nouvelle amie. Avec un peu de chance, vivre ici deviendrait très amusant. Ici… La Vallée Sauvage. On m'avait laissé entendre que le village était parfois désigné sous le vocable « La Vallée des Fantômes. » Quel nom sinistre ! J'en demandai la raison à Rébecca, qui me jeta de but en blanc :

« A cause de ta maison, bien sûr ! Tu ne le savais pas ? »

Non… Le cauchemar recommençait… Devant mon air épouvanté, la jeune fille éclata de rire. Un rire cristallin qui sembla emplir la maison entière.

« Cela semble te faire un drôle d'effet ! s'exclama-t-elle. »

Elle ne croyait pas si bien dire. Grands dieux ! Qu'étais-je venue faire ici ? Je m'appuyai tout contre la porte pour ne pas tomber. D'abord, il y avait eu ce tableau. Ensuite, tous ces racontars qui circulaient dans le village. Devais-je y croire ? Le sourire aux lèvres, Rébecca prit congé après avoir noté mon numéro de téléphone, et moi le sien. Je pensai que j'avais dû lui paraître complètement stupide. Je me promis de contrôler mes émotions à l'avenir.

Je montai me coucher. Il était aux environs de cinq heures. J'étais exténuée, et ne voulais plus penser à tout cela. Je m'endormis tout de suite, ne me réveillant que trois heures plus tard. J'avais terriblement faim. Le seul repas que j'avais pris de la journée était celui du matin. J'avais mal à la tête. Ma mère, étant toujours occupée, je descendis donc à la salle à manger me préparer un énorme sandwich. Puis je remontai écrire à ma cousine Hélène.

Je sentis les larmes me monter aux yeux. Je regrettais amèrement Port-au-Prince. Qu'allais-je devenir ici, seule, loin de tous ceux que j'aimais ?

CHAPITRE 2

Le téléphone sonna de très bonne heure le surlendemain. Je me retournai en grognant sous mes draps. Mais comme la sonnerie ne s'arrêtait pas, je décrochai le combiné avec un soupir à fendre l'âme. La voix joyeuse d'Anne-Valérie me parvint à l'autre bout du fil :

« Debout, paresseuse !

– Valou ! m'exclamai-je. Quel miracle !

– A peine partie, tu nous manques déjà. Figure-toi que Maureen, Alice et moi venons passer quelques jours avec toi. »

Maintenant, j'étais complètement réveillée. Et cette nouvelle me faisait grand plaisir. Anne-Valérie a des idées fofolles plein la tête et trouve toujours l'occasion de s'amuser, tout en égayant également son entourage ! Son séjour ici s'annonçait donc formidable. Mes amies devaient toutes les trois arriver le jour même.

Anne-Valérie et moi bavardâmes encore quelques minutes, puis j'annonçai la nouvelle à ma mère qui partagea mon enthousiasme.

Valou ne pouvait certainement pas deviner à quel point elle me manquait. J'avais envie de revoir tous mes amis de Port-au-Prince. Leurs taquineries qui m'avaient si souvent fait enrager dans le passé me manquaient terriblement aujourd'hui. J'espérais revoir tout le monde bientôt. Même Alain… Alain ! Je fermai les yeux un instant pour tenter de chasser son image de mes pensées. Je devais l'oublier. Absolument.

Tout avait commencé lorsque quasiment toute la jeunesse masculine de Port-au-Prince s'était mise à me téléphoner. Depuis la boom du siècle organisée à l'occasion de mes quinze ans, tout le monde me connaissait. Hélène, qui vivait alors à la maison, s'énervait à chaque fois qu'un coup de fil m'était destiné.

N'allez pas croire que ma cousine soit une personne égoïste et jalouse, juste parce qu'elle en avait assez de tous ces appels. Au contraire ! Nous nous entendions à merveille. Mais Richard, son petit ami, l'ayant laissée tomber, elle considère tous les garçons comme des mufles.

A chaque fois que je revenais des cours, elle brandissait une feuille de papier, en s'exclamant, un peu agacée :

«Voilà : Steven Case à une heure, Patrick Cadet à six heures, Alain Berrive à six heures et quart…

– Stop là ! m'étais-je exclamée un après-midi en riant. Alain a-t-il dit qu'il rappellerait ? »

Alain, c'était un type génial qui faisait partie de la bande de garçons du quartier. Je le voyais souvent au supermarché du coin, où il travaillait parfois à la caisse. La première fois que je l'avais rencontré, le large sourire qui s'était dessiné sur ses lèvres avait suscité en moi un battement de cœur irrégulier. Je n'avais jamais éprouvé cela auparavant.

« Oui, me répondit ma cousine. Alain a promis de rappeler, ainsi que Patrick. Je te conseille de ne pas fréquenter ce dernier si tu ne veux pas que ta popularité s'anéantisse dans cet océan de graisse.

– Ne t'inquiète donc pas, il ne m'intéresse pas du tout. »

Je montai dans ma chambre, et tirai du fond d'un tiroir une photo, cachée sous une pile de linge. Elle avait été prise le jour de la fête. Au premier plan : un garçon de dix-sept ans aux cheveux ondulés et aux yeux d'un noir brillant. Alain.

Je contemplai la photographie pendant un long moment, puis la remis en place.

Tout se passa très vite. Il téléphona, et quelques jours plus tard, nous sortions ensemble.

Mais je devais apprendre que ce garçon qui comptait tant pour moi s'amusait avec d'autres filles. Il m'avait brisé le cœur.

Maintenant, je devais prendre la vie du bon côté, avec ses hauts et ses bas. Peut-être allais-je faire une rencontre intéressante chez Rébecca, qui sait ? En effet, elle m'avait téléphoné la veille au soir pour m'inviter à son anniversaire. Elle allait fêter ses seize ans, âge que j'aurais le vingt-neuf avril prochain.

J'ouvris la penderie. Heureusement que j'avais entièrement refait ma garde-robe avant de venir ici. J'optai pour une robe d'été à fleurs. Je la remis en place après l'avoir essayée.

Ensuite, je m'installai derrière mon petit bureau, et ouvris mes livres d'école. J'avais été acceptée au Collège de la Vallée Sauvage, mais à cause de mes lacunes en mathématiques, je me retrouvais en compagnie de théorèmes qu'il me fallait revoir.

Ma surprise avait été grande en apprenant l'existence d'un collège dans la région. Le plus étonnant était le fait qu'il soit fréquenté par plus de deux cents élèves. Qui aurait pu imaginer une chose pareille ? La Vallée Sauvage était donc plus peuplée que je ne le croyais.

« Thalès, tu me tues ! m'exclamai-je après un moment. Mais seul un profond silence me répondit. »

Je reposai mon bouquin avec un soupir. S'il y avait quelque chose que je n'avais pas envie de faire, c'était bien mes devoirs de rattrapage. Pourtant, il le fallait, car dans trois semaines, j'irais à l'école.

Cette pensée me serra le cœur. Une nouvelle existence commençait pour moi, une existence qui serait bien triste sans mes trois amies. Jusqu'à maintenant, nous avions été inséparables.

Je parcourus ma nouvelle chambre du regard. J'y avais mis une petite touche d'intimité. Sur les murs, j'avais collé plusieurs affiches représentant des chanteurs et des acteurs connus (en particulier des photographies d'Antonio Banderas, mon idole), et les meubles en acajou avaient été déplacés. Ceux-ci, ayant appartenu à la famille Leconte, étaient tous très anciens. La pièce était d'ailleurs pleine de vieilleries. J'aimais bien les antiquités.

Le tapis qui recouvrait les moindres recoins du parquet, était d'un rose aussi vif que celui des rideaux à fleurs. Je me sentais un peu chez moi. Depuis trois jours que j'étais ici, je n'avais pas eu une minute de répit, occupée à arranger la maison. Mais maintenant, la besogne était terminée (ma mère s'était surpassée). J'avais presque hâte de commencer mes cours au Collège de la Vallée Sauvage. Je voulais m'y faire quelques amis, car l'atmosphère qui régnait ici n'était pas des plus gaies.

Un de mes cahiers tomba sur le tapis. J'allai fermer les deux fenêtres de la chambre, car il ventait très fort. L'une donnait sur la cour arrière, et l'autre sur la rue, déserte à cette heure. Je fermai les yeux, et me plus à écouter une mélodie champêtre. Des oiseaux, sans nul doute. Je me laissai bercer… Mais un bruit insolite provenant du rez-de-chaussée brisa cette atmosphère magique. Je sentis mes cheveux se hérisser, ce qui accéléra les battements de mon cœur. Qu'était-ce ? Ma mère était allée faire quelques courses et n'était certainement pas encore de retour.

On aurait dit une pile de livres jetés sur le sol. Je n'allais tout de même pas me laisser effrayer par quelque chose d'aussi futile. Je dévalai l'escalier à toute vitesse. Je ne savais même pas où aller. Et il y avait de forts risques de m'égarer dans cet immense château que je n'avais pas encore exploré de fond en comble.

Je tremblais comme une feuille lorsque je me retrouvai dans le couloir aux tableaux. Je m'étais précipitée dans cette direction sans même m'en rendre compte. Tout d'abord, je ne remarquai rien d'anormal. Puis mes yeux se levèrent irrésistiblement vers l'emplacement de la fameuse peinture. Le mur était vide. La toile avait disparu. Je me laissai glisser le long du mur et fermai les yeux.

« Un esprit maléfique règne sur cette propriété, murmurai-je. »

Mais seul un silence inquiétant me répondit. L'idée d'un voleur ne m'avait même pas effleurée. C'était quelque chose d'autre. *Je le savais.*

Peu après, j'entendis un autre bruit, semblable à un grincement de porte. Je ne sais pas ce qui me prit, quelle force me poussa, toutefois je me levai et me dirigeai vers l'endroit d'où provenait le grincement : l'escalier du sous-sol. Je tournai la poignée de la porte conduisant à cet escalier ; elle était fermée à clé. De plus en plus bizarre... Je haussai les épaules. Mon imagination me jouait sans doute quelque tour. Je me rendis à la cuisine, et me préparai un verre de lait. De temps en temps, je me retournais, comme pour m'assurer que je ne n'avais pas été suivie.

Je n'aimais pas trop rester seule ici. La maison avait trois étages, sans compter le sous-sol et le grenier. Le troisième étage n'avait jamais été habité. La clé du grenier était perdue depuis longtemps. Aussi, ma mère et moi avions fermé la porte donnant accès aux escaliers qui y conduisaient. La curiosité nous avait portées à essayer vainement d'enfoncer la porte clause. Qu'avait-on caché dans cette pièce ?

Je buvais mon lait lorsque le bruit insolite se reproduisit. Je fis volte-face. La porte du sous-sol s'était rouverte. Je pris mes jambes à mon coup en direction de ma chambre. Mais, à mi-chemin, je fis demi-tour. Il était insensé de courir ainsi à cause... à cause de quoi, d'ailleurs ? Curieuse de nature, je surmontai ma peur, et retournai au sous-sol, en prenant soin d'emporter une lampe de poche. Peut-être allais-je tomber sur quelque chose d'intéressant. Sait-on jamais ?

En attendant, je ne me sentais pas rassurée. J'entrepris de débarrasser les boîtes qui avaient déjà excité ma curiosité. Elles étaient encore à la même place. Je n'arrivais pas à me détendre. Je sentais comme une présence autour de moi. Je me surpris à trembler.

Il y avait dans ces boîtes toutes sortes d'objets anciens, et une multitude de livres. Je trouvai aussi un journal intime. Il m'était impossible de dire avec précision de combien d'années au moins il datait, car l'humidité du sous-sol l'avait beaucoup abîmé. Il sentait le moisi. Mon cœur battit très vite, comme celui d'un enfant fautif craignant d'être pris la main dans le sac. J'hésitai un moment avant d'ouvrir ce journal. L'écriture était très pâle, presque illisible.

« Je lirai tout cela plus tard, lorsque je serai sous mes couvertures, dis-je en mon for intérieur. »

Je m'emparai du manuscrit. Alors que je m'apprêtais à remonter, j'entendis un hurlement... si strident que je tremblai de tous mes membres. Un hurlement presque inhumain...

Sur le coup, je laissai tomber la lampe. Je me baissai pour la retrouver. Impossible de mettre la main dessus dans la pénombre ! Le silence s'était rétabli. Je me mis à marcher à tâtons. De temps en temps, je me cognais le front. Finalement, mon pied heurta quelque chose de dur : la lampe de poche.

J'éclairai la pièce. Je claquais des dents, tant j'avais peur. Je montai l'escalier en courant et m'enfermai à double tour dans la salle de bain du rez-de-chaussée, seul refuge se trouvant à proximité. Qui avait crié ? Cette question n'arrêtait pas de me hanter. Je ne pouvais contrôler les battements fous de mon cœur. J'avais toujours la sensation d'une présence autour de moi. Derrière la porte. C'était cette même impression que j'avais eue au couloir, et au sous-sol…

Alors, je sus que tout cela était bien réel et non le fruit de mon imagination débordante. La maison était véritablement hantée.

La pluie se mit à tomber. Elle frappait violemment contre la fenêtre, comme si elle se mettait soudainement en colère. Contre moi, peut-être ?

Je fermai les yeux. Je transpirais à grosses gouttes. Je me lavai le visage à l'eau du robinet. Il ne faisait pourtant pas chaud. Non, ce n'était pas la température, c'était quelque chose d'autre. C'était la peur. Et elle me donnait la chair de poule. Je me sentais violemment attirée par quelque chose se trouvant derrière la porte. C'était comme un appel. Je m'appuyai contre le mur, le temps de reprendre mes esprits. Incroyable ! J'habitais une maison hantée ! Je croyais jusqu'alors que tout cela n'existait que dans les feuilletons télévisés tels que *Tales from the Crypt* et les romans destinés à vous glacer le sang… Non, j'étais en plein cauchemar, et j'allais me réveiller d'un moment à l'autre. Puis, ma vie reprendrait son cours normal.

J'allais me rendre chez Rébecca, me faire de nouveaux amis… J'ouvris les yeux. Je n'allais tout de même pas laisser mon esprit vagabonder à un moment aussi critique. Je croyais dur comme fer à mon sixième sens. Je n'étais pas une fille superstitieuse, mais il m'arrivait parfois de penser que certaines choses n'étaient pas des phénomènes naturels.

Il fallait expliquer *ça*. Le *ça* en question, j'ignorais totalement de quoi il s'agissait. Mais je le sentais. Tout près de moi. Et puis soudain, plus rien. C'était comme une force surhumaine qui m'avait entourée, pour s'éloigner ensuite. Je me sentais comme… libérée. Libérée d'un envoûtement. Je me sentais beaucoup mieux, c'est tout. J'ouvris timidement la porte qui grinça de façon effroyable. Mon cœur fit un bond. Je laissai échapper un cri. Puis je me mis à pouffer. Je me trouvais nez à nez avec ma mère. Devant son air grave, j'arrêtai de rire. Que se passait-il donc ?

« Qu'y a-t-il, maman ?

– C'est plutôt à toi que je devrais poser cette question, me répondit-elle. »

Elle déposa rageusement les nombreux sachets qu'elle tenait en main. Maintenant, son visage exprimait un profond mécontentement.

« Je t'ai entendue crier depuis l'entrée. Mais qu'est-ce qui vous prend, mademoiselle Picourt ? »

Je n'en croyais pas mes oreilles. Elle m'accusait ! Et dès qu'elle optait pour le vouvoiement… hum ! N'en parlons pas !

« Mais maman… »

Elle ne me laissa pas le temps de protester. Elle me tourna le dos, me laissa la charge de placer les paquets.

Lorsque j'eus fini, je montai prendre une douche, car Anne-Valérie, Maureen et Alice arriveraient d'un moment à l'autre. J'attendais leur venue avec une impatience difficilement contenue. Elles m'aideraient sans doute à voir plus clair dans la situation actuelle.

Je consultai ma montre. Midi. La joyeuse équipe arriva vingt-cinq minutes plus tard. Alice contraste avec mes deux autres amies. Elle a des yeux scrutateurs d'un bleu vif, un nez pointu, des lèvres gourmandes… Le tout encadré par une masse de cheveux blonds toujours en batailles. Originaire de France et plutôt menue, je me demande comment elle faisait pour ne pas disparaître derrière le volant de la petite Fiat jaune que son père lui avait offerte à l'occasion de son dix-septième anniversaire.

Anne-Valérie, le boute-en-train de la bande, est une petite brune aux yeux noisette, aux cheveux bouclés et au teint hâlé. Maureen, sa cousine, lui ressemble un peu. Elles ont toutes deux le même nez droit, les mêmes lèvres rouges et les mêmes sourcils touffus, mais le visage de Valou est plutôt rond alors que celui de Maureen est allongé.

« Enfin ! m'exclamai-je après les avoir embrassées.

– Contente de te revoir, la sauvage ! plaisanta Maureen en me donnant une tape amicale. »

Alice Saint-Martin se moquait royalement de moi. Et ceci, depuis son arrivée. De leur côté, Anne-Valérie Martinique et Maureen De Bussy ne disaient rien. Je haussai les épaules. Si elles ne me croyaient pas, c'était leur problème.

Nous étions toutes les quatre réunies dans ma chambre que je partagerais avec Anne-Valérie. Alice et Maureen s'étaient installées dans celle d'à côté. Un tas de revues de mode s'empilaient sur le lit ainsi que quelques romans-photos dans lesquels étaient plongées mes amies. De mon côté, je pris le journal intime trouvé au sous-sol pour m'abandonner à la lecture. Il m'était impossible de découvrir l'identité de mister X. Je m'étais rendu compte que l'auteur du manuscrit n'avait signé nulle part. L'année non plus ne figurait sur aucune des pages.

« Qu'est-ce que c'est ? me demanda Maureen en rejetant ses cheveux en arrière d'un geste agacé.

– Un journal intime, il me semble. »

Les trois filles s'approchèrent de moi, apparemment très intéressées. Alice se mit à éternuer. J'avais complètement oublié qu'elle était allergique à la poussière. Ses yeux étaient déjà tout rouges. Je lui tendis un mouchoir avec lequel elles essuya les larmes qui lui embuaient les yeux.

Le journal en question, c'était un petit carnet dont la couverture de cuir avait dû être très brillante et qui se fermait sans doute à clé. De forme rectangulaire et de petit format, il pouvait facilement glisser dans ma poche.

Anne-Valérie l'ouvrit à la première page, et se mit à lire à haute voix :

14 août.

Cher journal,

Il se passe ici des choses de plus en plus bizarres. J'ai revu la fille à la robe blanche. On aurait dit un revenant, mais moi, je ne crois pas aux mauvais esprits.

Mon amie s'interrompit et dit :

« Mademoiselle Picourt, j'espère que vous ne vous êtes pas basée sur les écrits de cet inconnu pour bâtir tout un roman d'épouvante ! »

Elle avait parlé d'un ton ironique qui accentua ma mauvaise humeur. Je ne répondis rien. Sans doute comprit-elle qu'elle me tapait sur le système, car elle reprit sa lecture sans aucun autre commentaire :

Et puis, encore cette litanie à laquelle je ne comprends goutte. Elle parle sans arrêt d'Alpasie, qui empêcherait la liberté de son âme…

Nous écoutions religieusement Anne-Valérie.

Je pense qu'elle est un peu folle. Les gens du quartier disent qu'elle n'a plus de famille. Tous ses parents ont été tués dans un accident de voiture. C'est plutôt triste pour une enfant de quinze ans. Et je voudrais l'aider. Mais elle disparaît toujours comme par enchantement.
L'argent n'a jamais fait le bonheur…

Le texte du jour s'arrêtait là. Anne-Valérie étouffa un bâillement. De mon côté, je me sentis soudain très lasse. Alice et Maureen gagnèrent leur chambre. Valou ne tarda pas à ronfler. Mais moi, j'avais beau me tourner et me retourner dans mon lit, je n'arrivais pas à trouver le sommeil. Je pensais sans arrêt au fait que la fille à la robe blanche avait quinze ans, comme moi. Je ne savais pas pourquoi cette pensée me torturait autant.

Il était insensé d'établir une liaison entre cette adolescente et moi. C'était même stupide. Mais je me sentais tourmenté et malgré ma fatigue, je ne pouvais m'endormir. Le nom Alpasie me semblait mystérieusement familier. Je décidai de continuer seule la lecture du journal.

15 août.
Ce matin, je n'ai pas été chez le cardiologue. Bien qu'il veuille être rassurant, je sais que je n'en ai plus pour longtemps. Alors, pourquoi lutter ? D'ici quelques jours, je ne pourrai même plus tenir une plume. On comprend pourquoi je dis que l'argent, même s'il est gagné à la sueur du front, ne fait pas le bonheur.

J'étais un peu émue en lisant ces lignes. La suite du texte me révéla que l'inconnu était un veuf d'un certain âge qui attendait avec appréhension sa dernière heure. Il vivait pour ainsi dire dans la solitude, entre un fils qui, aux dires du vieil homme, ne l'aimait pas et un spécialiste des maladies cardiaques qui lui donnait de faux espoirs. Le vieillard se savait condamné.

Finalement, je sombrai dans un profond sommeil duquel je fus tirée par ma compagne de chambre quelques heures plus tard. Je me cachai la tête sous l'oreiller pour lui signifier que je ne me lèverais pas. Comme elle insistait, j'entrouvris les paupières. Alice était revenue et me secouait, elle aussi. Que se passait-il donc ?

« Qu'est-ce qu'il y a ? demandai-je d'une voix endormie.

– C'est Maureen, murmura la petite Française. Elle a disparu. »

CHAPITRE 3

« Chut ! interrompit Anne-Valérie. Ecoutez… »

J'entendais un bruit singulier. Nous retenions toutes nos souffles. Le bruit, celui d'une porte mal fermée, provenait du haut. Or, comme on le sait, cette partie de la maison était déserte, et toutes les portes closes. Mes amies croiraient-elles enfin que la maison était habitée par des fantômes ? Non, puisqu'il s'agissait sans doute de Maureen.

« Allons voir ! Ce n'est sans doute rien de bien sérieux…, dis-je plus à moi qu'aux autres, essayant de me faire rassurante. »

Alice protesta. Mais déjà, Anne-Valérie et moi, nous nous étions levées. Je tendis à la première la lampe de poche que j'avais utilisée le matin même. Décidément, je n'étais pas au bout de mes frayeurs. Heureusement que je n'étais pas seule. Avec mes amies, je me sentais plutôt rassurée.

Prenant les devants, je me dirigeai vers l'autre bout du couloir et tournai la poignée de la porte. Nous gravîmes l'escalier dans un silence de mort. Bientôt, nous nous retrouvions devant une autre porte. Puis encore un escalier. Finalement, nous atteignîmes la porte du grenier, celle qui ne s'ouvrait pas. Je tournai machinalement le bec-de-cane. Et à mon plus grand étonnement, les battants s'écartèrent.

En l'espace d'une seconde, je me demandai comment cela était possible. Ma mère et moi avions passé des heures à essayer de la défoncer. Soudain, je me sentis projetée en avant. Je tombai lourdement de l'autre côté de la porte qui se referma derrière moi, me séparant de mes amies. Noirceur d'encre. Je ne voyais absolument rien. Je tentai de rouvrir la porte. Impossible. Je me mis à tambouriner contre elle en criant tout à tour les noms d'Anne-Valérie et d'Alice. Aucune réponse ne me parvenait. Les larmes m'en venaient aux yeux.

La lumière se fit soudain. La pièce était vide. Je laissa échapper une exclamation. C'était à la fois un cri de surprise et d'admiration. Je ne m'étais jamais retrouvée dans un pareil endroit. Les murs disparaissaient entièrement sous un miroir. Même le plafond. Je me demandai d'où provenait cette lumière qui éclairait la salle. Il n'y avait d'ampoule nulle part. En plus, il régnait une drôle d'odeur. Ce n'était pas de la moisissure, mais plutôt une odeur de brûlé. Je regardai autour de moi. Aucune autre sortie, hormis la porte par laquelle j'étais entrée.

Je sentis alors une présence. Juste derrière moi. Je fis volte-face. Quelqu'un se tenait là. Un vieillard. Je voulus hurler, mais aucun son ne sortit de ma bouche. La peur m'avait enlevé tout usage de la parole. Que faisait là cet homme ? Il avait un visage impassible. Je n'aurais pas été davantage effrayée s'il avait tenu un couteau à la main. J'avais comme l'impression de l'avoir déjà vu quelque part. Oui, mais où ? Et comment était-il rentré ici ?

Je me posais mille questions. Effrayée et tremblante, je le fixais du regard tout en reculant. Puis soudain, plus rien. L'homme avait disparu, comme s'il s'était trouvé sur un écran-télé. Mais de longs frissons me parcouraient encore, et les battements accélérés de mon cœur ne s'étaient pas encore calmés. Je recommençai à tambouriner contre la porte. Aucun résultat. J'étais livrée à moi-même.

Ma tête s'était mise à tourner à cause de l'odeur asphyxiante de la pièce. J'avais beau crier, rien n'y faisait. Mes amies étaient sans doute incapables de me venir en aide. Me laissant aller au découragement, je m'appuyai, impuissante, contre le mur… et je me retrouvai de l'autre côté du miroir !… à côté de mes deux amies. Elles essayaient en vain d'ouvrir la porte lorsque je me heurtai la tête contre le mur à côté d'elles.

« Alice…, murmurai-je. »

L'interpellée s'était retournée vivement, ainsi que sa compagne. Une grande stupeur se peignait sur leurs visages.

« Comment es-tu sortie ? me demanda Anne-Valérie.

– Je ne le sais pas moi-même… »

Elles m'aidèrent à me relever. Je n'étais pas encore totalement remise de mes émotions. Cet homme à l'intérieur… Avais-je rêvé ?

Nous étions au bout du couloir. Alice et Anne-Valérie me faisaient face. Et moi, je faisais face au couloir. Soudain, j'entrevis une forme dans la pénombre. Je retins un cri.

C'était Maureen. Mes deux autres amies s'étaient retournées, elles aussi, et assistaient au même spectacle que moi. L'unique héritière de la famille De Bussy marchait d'un pas régulier. Elle s'approchait lentement, les yeux fermés, les deux bras tendus en avant. Maureen était somnambule.

Soudain, elle s'arrêta et son visage s'empreignit d'une terrible souffrance qui me fit peur. On aurait dit que la jeune fille essayait de lutter contre une force supérieure à la sienne. Je devais absolument faire quelque chose.

Au grand étonnement des deux autres, je m'approchai de mon amie et lui passai une claque magistrale qui résonna dans tout le couloir. Maureen se réveilla en sursaut et eut une réaction à laquelle je ne m'attendais pas : elle fondit en larmes. Après avoir hésité une seconde, je posai une main réconfortante sur son épaule. Alice lui tendit un mouchoir qu'elle avait gardé dans l'une des poches de son pyjama. Anne-Valérie ne disait rien. Elle considérait Maureen d'un air impassible.

« Qu'y a-t-il ? »

Ma mère, réveillée par l'agitation qui régnait au premier étage, était venue voir ce qui s'y passait. Je la trouvais vraiment courageuse ! Si je m'étais trouvée à sa place, pour rien au monde je ne serais montée toute seule dans un endroit aussi sinistre. Je me demandais parfois si je n'avais pas hérité uniquement de tous les mauvais penchants de mes parents...

Maureen séchait ses larmes. Elle n'arrêtait pas de frissonner et reniflait. Ma mère me regarda d'un air interrogateur. Je haussai les épaules pour signifier que je n'y étais pour rien. Elle vint aux côtés de Maureen et lui demanda si tout allait bien. La jeune fille hocha la tête. La réponse était positive mais peu convaincante. Ma mère ne semblait pas de bonne humeur, puisque tirée brusquement de son sommeil. Elle nous fit regagner rapidement nos chambres. Sauf Maureen qu'elle garda avec elle pour lui faire sans doute passer un petit interrogatoire.

Dans mon lit, je demanda à Valou si elle avait des nouvelles de mon père. Non. Je ne pouvais pas m'endormir. J'essayais de me changer les idées mais elles étaient sans cesse tournées vers mon père, ou vers ce que j'avais vu au grenier. Il devait être deux heures du matin lorsque j'entendis Maureen regagner sa chambre. J'allai la rejoindre.

« Viens, me dit-elle après avoir essuyé ses yeux rougis par les larmes. Je meurs de soif... »

J'hésitai une seconde. Je n'avais vraiment pas envie de m'aventurer jusqu'à l'office. Je jetai un coup d'œil vers le lit d'Alice. Elle dormait profondément. Finalement, je décidai de suivre Maureen qui me remercia d'un faible sourire.

Une fois au rez-de-chaussée, elle se servit un grand verre d'eau glacée puis se laissa choir sur une chaise, de nouveau au bord des larmes, et comme sur le point de me dire quelque chose. Je me tus, prête à écouter ses confidences.

« C'est affreux ! murmura-t-elle entre deux sanglots. Cela semble si réel à chaque fois… »

Elle ne se retenait plus, laissant couler librement ses larmes. Je ne savais que faire pour la consoler. Si au moins je connaissais son problème, je pourrais peut-être l'aider. Elle s'arrêta de parler, reprenant son souffle, puis continua :

« Je ne sais pas, Stéphanie, si tu as remarqué que je n'ai jamais rien dit lorsque les filles te taquinaient en ce qui concerne la maison… Je leur en ai même voulu de t'embêter ainsi… »

Où voulait-elle en venir ? Me croyait-elle, elle ? La réponse ne tarda pas à fuser :

« Eh bien, tu as raison ! cria-t-elle presque. Ta maison est véritablement hantée ! »

Je n'en croyais pas mes oreilles ! Comment était-elle arrivée à cette conclusion ?

« Non, tu n'es pas folle, Stéphanie, continuait-elle. Je le sais car depuis que je suis ici, il m'arrive des choses des plus bizarres… »

Depuis son arrivée, en effet, Maureen se croyait victime d'hallucinations. Mais elle avait dû finir par admettre que ce qu'elle vivait n'était pas le fruit de son imagination.

« Ce vieillard qui à chaque fois me tend les mains avec dans les yeux une lueur suppliante… J'en ai assez ! dit-elle avec un nouveau torrent de larmes. »

Je sursautai. Etait-ce le même homme qui m'était apparu au grenier ? Je préférais ne pas le savoir. Maureen semblait d'ailleurs avoir mis un point final à cette conversation et s'essuyait les yeux avec le mouchoir d'Alice. Elle se leva et arpenta la pièce de long en large.

« Comme j'ai soif ! dit-elle. Je boirais bien encore un peu d'eau… »

Alors, il se produisit une chose des plus incroyables. Le réfrigérateur s'ouvrit, une bouteille en sortit et son contenu fut versé dans un verre. Celui-ci qui se trouvait jusqu'alors sur la table, se souleva dans les airs. Et comme si une personne invisible se tenait dans la pièce, le verre se vida sans que nous ne puissions voir où était passée l'eau qu'il contenait. Puis, aussi soudainement que le phénomène s'était produit, tous les objets regagnèrent leurs places initiales.

Paralysées toutes les deux par la peur, Maureen et moi ne pouvions placer un mot. Nous ne pouvions même presque plus tenir sur nos deux jambes. Pétrifiées par ce que nous venions de voir. Enfin, après un long moment, nous regagnâmes nos chambres en courant. Je fermai la porte à double tour, jetant de temps en temps un regard à la fenêtre, craignant d'y voir apparaître une paire de yeux rouges. Tremblante, je m'enfouis sous mes draps.

« Stéphanie ? »

Je sursautai. La pleine lune éclairait le visage ensommeillé d'Anne-Valérie.

« Pourquoi es-tu encore debout ? »

Anne-Valérie se retourna une ou deux fois dans son lit avant de retrouver le sommeil. Moi, je gardais les yeux ouverts. Bientôt, le soleil apparaissait timidement derrière les montagnes…

« Stéphanie, enfin, te voilà ! »

Anne-Valérie semblait ivre de joie.

« Es-tu au courant de la grande nouvelle ? »

Ma mère chantonnait tout en cuisinant. J'allai d'abord lui donner un baiser avant de me tourner vers Valou qui mettait le couvert, aidée d'Alice et de Maureen. Cette dernière semblait plus pâle que d'habitude. Elle ne semblait pas encore remise des émotions de la veille.

« Qu'est-ce qui se passe ? demandai-je. »

Un large sourire illuminait le visage d'Anne-Valérie :

« Les Fugees sont en tournée au Cap ! s'exclama mon amie en sautant presque sur place. Et ils seront ce soir au Club des Juniors ! »

Je me joignis à l'enthousiasme de Valou. Elle avait déjà tout planifié. Son petit ami Christophe devait arriver de Port-au-Prince ce matin même, et nous emmènerait au club plus tard, toutes les quatre. Anne-Valérie nous avait averties hier soir de la venue de son ami. C'était une chance que son séjour coïncidât si bien avec celui des Fugees ! A moins que… Je me tournai vers Anne Valérie et la regardai soudain d'un air très soupçonneux. Je voulais être sûre qu'elle ne me cachait rien. Son air trop innocent aviva mes soupçons. Elle évitait mon regard. J'étais convaincue qu'il y avait anguille sous roche.

En effet, dès que ma mère eut quitté la pièce, elle fit ses aveux, persuadée que j'avais tout deviné :

« Décidément, on ne peut rien te cacher. Eh bien, écoute ce qui est arrivé. Je faisais part à papa de mon intention de venir passer quelques jours avec toi, lorsque Christophe m'a téléphoné pour m'annoncer que mes chanteurs préférés seraient en tournée ici durant une semaine. C'était une occasion inespérée pour moi de faire d'une pierre deux coups. Je mourais en même temps d'envie de te voir et de voir jouer les Fugees au Club des Juniors. J'ai donc sais la chance qui m'était offerte, et j'ai persuadé Christophe de se joindre à nous… »

Elle avait parlé d'une traite. Je lui fis remarquer qu'elle n'était pas très douée pour le cinéma. Je n'avais pas cru très longtemps que le concert des Fugees coïncidant avec la venue de mes amies ici n'était que le fruit du hasard.

Nous passâmes toute la journée dans l'attente de la soirée. Nous étions impatientes, sauf Maureen qui gardait un air maussade. Son somnambulisme l'inquiétait beaucoup parce qu'elle avait alors des sensations insupportables d'étouffement. Je lui conseillai de consulter un médecin, ce qu'elle refusa catégoriquement. Elle avait toujours eu une peur bleue des hôpitaux.

En fin d'après-midi, ce fut au tour d'Anne-Valérie d'être de très mauvaise humeur. Christophe n'avait pas donné signe de vie. Vers les sept heures, il était tout bonnement impossible d'adresser la parole à mon amie. Le bal commençait à neuf heures, et le garçon ne s'était toujours pas manifesté. Il téléphona une heure plus tard pour s'excuser. Sa voiture avait eu un problème de batterie en cours de route. Il avait dû attendre un remorqueur et ensuite se rendre au garage : ce n'était vraiment pas sa faute. En tout cas, il devait arriver d'un moment à l'autre. Soulagées, les filles et moi allâmes nous préparer.

Bientôt, la sonnerie de la porte d'entrée retentissait : Christophe. Il fut accueilli par ma mère qui l'introduisit dans le château avec un large sourire. Après les salutations d'usage, nous nous mîmes en route en toute hâte. Mais bientôt, la Ferrari décapotable du jeune homme se mit à tousser, et nous dûmes nous arrêter.

« Qu'y a-t-il ? demanda Valou, inquiète. »

Christophe descendit et souleva le capot.

« C'est encore la batterie, dit-il laconiquement. »

Anne-Valérie se mit à pleurer de rage.

« Qu'allons-nous faire ?

– Il nous faut trouver une cabine téléphonique, répondit Christophe en saisissant un parapluie qu'il gardait toujours dans sa boîte à gants.

– Comment peux-tu garder ton calme dans un moment comme celui-ci ? explosa sa petite amie. Et pourquoi ce parapluie ? »

Au même instant, il se mit à pleuvoir. Franchement, la malchance était de notre côté ! Valou, au bord de la crise de nerfs, semblait avoir envie de hurler. Toute mouillée, toute décoiffée, elle se réfugia sous un débordement. Alice, Maureen et moi ne disions rien. Nous étions restées dans la voiture tandis qu'Anne-Valérie avait rejoint Christophe pour laisser exploser sa rage.

La rue était déserte, comme l'étaient généralement les rues de provinces à cette heure tardive. Enfin, une voiture surgit. Elle s'arrêta aux appels et aux gestes désespérés de Valou. Je trouvais mon amie très imprudente de faire ainsi signe à des inconnus. Heureusement, je reconnus Rébecca, assise sur le siège avant, à côté du chauffeur. Dans l'obscurité, je n'arrivais pas à distinguer les traits de celui-ci. Je descendis de voiture et expliquai brièvement notre problème à Rébecca.

« Mais c'est justement au Club des Juniors que nous nous rendons ! s'exclama ma voisine. Allez, montez ! »

Mais nous étions beaucoup trop nombreux. Le compagnon de Rébecca (son cousin) décida donc de faire deux voyages. Alice et Maureen s'en furent pendant que Christophe, Anne-Valérie et moi attendions le retour de Rébecca et de son cousin. Alice et Maureen devaient entre temps trouver un annuaire téléphonique et contacter un remorqueur.

Je m'appuyai contre un arbre, perdu dans mes pensées. Je fermai les yeux. Des gouttes de pluie me fouettaient le visage.

« Approche avec le parapluie, dis-je à Anne-Valérie sans soulever les paupières. »

Aucune réponse. Je rouvris les yeux. Anne-Valérie et son ami n'étaient plus là. Je regardai tout autour de moi. Personne. Où étaient-ils donc allés sous cette pluie battante ? De longs frissons me parcoururent. J'avais peur.

Soudain, j'entendis des pas derrière moi. Lorsque je me retournai, je poussai un cri à fendre l'âme. Un homme se tenait devant moi. L'homme du grenier. Il me tendait la main, une lueur suppliante dans les yeux. Je reculai d'un pas, trébuchai, me relevai et m'enfuis dans la nuit.

Je courais le plus vite que je pouvais, sans me soucier de la violence de la pluie, de la fureur du vent et de la fatigue qui m'assaillait. Je courais surtout sans jamais me retourner, frémissant à l'idée que quelqu'un ou quelque chose puisse être à mes trousses.

Bientôt morte de fatigue et tremblante de peur, je me laissai tomber sur le sol mouillé. La pluie ne diminuait pas. Je m'écorchai bras et jambes dans les broussailles. C'était une nuit noire, sans lune, où le silence n'était rompu que par le frémissement des feuilles sous les gouttes de pluie. Je ne voyais rien autour de moi.

« Qui va là ? demanda soudain une voix dans l'obscurité. »

Je reconnus celle d'Aurélia Bato, l'épicière.

« C'est Stéphanie Picourt, répondis-je, soulagée de savoir une présence amicale à mes côtés.

– Stéphanie ! s'exclama la vieille dame. Que faites-vous là ? »

On alluma, et étonnée, je réalisai que je me trouvais juste devant la boutique de Madame Bato. Elle sortit de la maison, m'éclairant le visage avec une lampe de poche, comme pour s'assurer que c'était bien moi.

« Ma pauvre enfant, dans quel état êtes-vous ! Venez vite que je vous soigne ! »

L'épicière me fit monter dans sa chambre où elle me donna des vêtements propres et secs. Ensuite, elle pensa mes égratignures et me fit une bonne tasse de thé. Je ne savais comment la remercier. Elle me demanda ce qui m'était arrivé. Je lui racontai brièvement comment je m'étais retrouvée seule dans la nuit, ne sachant plus où étaient mes amis. Je pris soin de ne pas mentionner l'apparition fantomatique et la course folle qui s'était ensuivie.

« Bon Dieu, quelle histoire ! fit Madame Bato. Tes amis doivent te chercher comme des fous à l'heure qu'il est… »

Je lui demandai un téléphone. Je devais appeler chez moi pour donner de mes nouvelles. Tout d'abord, le téléphone sonna sans réponse, Pourquoi ma mère ne répondait-elle pas ? Je composai le numéro une seconde fois. On répondit après la quatrième sonnerie :

« Allô ? Ici Xavier à l'appareil… »

Je sursautai. M'étais-je trompée de numéro ? J'étais pourtant convaincue que non. Et cette voix ?… Elle me semblait si familière… C'était celle d'une personne très âgée. Sans doute me trompais-je. Je n'avais plus de grands-parents. Je ne connaissais aucun vieillard.

« Excusez-moi…, dis-je d'une voix tremblante avant de raccrocher. »

Je refis de nouveau le numéro. Ma mère répondit presque tout de suite. Je repris le récit déjà fait à Madame Bato. Ma mère était folle d'inquiétude, Christophe lui ayant téléphoné pour lui faire part de ma disparition. Elle se sentait soulagée de me savoir en sécurité.

« Mais comment as-tu pu perdre de vue Anne-Valérie et Christophe ? me demanda-t-elle. »

Je lui répondis que je n'en savais rien. Puis, après une seconde d'hésitation, je l'interrogeai :

« Maman, as-tu quelqu'un avec toi ?

– Non ! fit-elle un peu surprise. Pourquoi cette question ?

– Juste comme ça… Bonne nuit, Maman ! »

Je raccrochai tout en pensant à l'homme que j'avais eu à l'autre bout du fil. Je me demandai ensuite comment je rentrerais chez moi. Madame Bato me dit alors qu'elle allait me préparer un bon lit car il était hors de question pour moi de partir sous cette avalanche. Cela me rassura.

CHAPITRE 4

« Dix… neuf… huit… sept… six… cinq… quatre… »

Je me réveillai en sursaut, palpitante. Ce n'était heureusement qu'un cauchemar. Un cauchemar vraiment insupportable. Cette voix qui comptait à rebours et de plus en plus vite…

Il me fallut quelques secondes pour me rappeler où j'étais. Je repensai à la veille, et me demandai si je n'avais pas rêvé de tout cela aussi. Malheureusement, non. Je n'avais pas rêvé. Et si cela avait été le cas, ç'aurait été un rêve des plus horribles.

Madame Bato entra dans la pièce après avoir frappé trois petits coups contre la porte.

« Ah ! Tu es réveillée. Tu as bien dormi ? »

J'acquiesçai machinalement.

« Ta mère vient de téléphoner, reprit mon hôte. Christophe viendra te chercher. La voiture, semble-t-il, a bien voulu se mettre en marche.

– Tant mieux… Je ne sais pas comment vous remercier, Madame…

– Aurélia, interrompit l'épicière. Fini le vouvoiement maintenant. »

Elle me fit un large sourire puis m'invita à déjeuner. Christophe arriva une heure plus tard. Je le présentai à Aurélia puis, après avoir chaleureusement remercié cette dernière, nous nous mîmes en route. Christophe semblait de mauvaise humeur. Il ne disait rien et gardait une mine renfrognée. Il m'en voulait sans doute de lui avoir gâché la soirée. A la maison, je trouvai Maureen, Alice, et Anne-Valérie en train de ranger leurs sacs. L'heure du départ avait sonné pour elles. Dès que je fus sur le seuil de la porte, elles m'assaillirent de questions. Anne-Valérie ne comprenait vraiment pas comment j'avais pu la perdre de vue alors qu'elle se tenait juste à côté de moi. Je me sentais un peu coupable envers mes amies. A cause de moi, elles n'avaient pas pu s'amuser pleinement au bal. C'était définitivement la raison pour laquelle Christophe me battait froid.

Aux environs de midi, nous étions tous à la station d'autobus. Nous nous embrassâmes, le cœur lourd. Mes amies promirent de téléphoner, une fois à destination. Elles montèrent dans le véhicule avec un dernier geste d'adieu. Christophe me ramena ensuite à la maison, puis s'en fut chez lui.

Soudain, je me souvins de la fête de Rébecca. C'était bien ce soir qu'elle aurait lieu. J'étais plutôt fatiguée et me demandai si j'aurais le courage d'aller danser.

Je soupirai en essuyant mon front du revers de la main. Ça alors ! Il faisait chaud ! Terriblement chaud. J'aurais volontiers plongé dans la piscine des Dehrmann.

J'étais arrivée chez Rébecca vers dix heures. J'étais devenue tout de suite le centre d'intérêt de chacun. Tout le monde voulait faire ma connaissance. A La Vallée Sauvage, l'on se connaît si bien que la curiosité s'émoustille dès qu'il y a un nouveau venu.

Un croissant de lune éclairait le jardin. La piste de danse se trouvait à l'intérieur. Au milieu d'une bande de jeunes de mon âge, je ne me rappelais que des noms de Jennilynn Desforêt, la meilleure amie de Rébecca. Et de Sam Martinau, l'amie de cœur de ma voisine. Affalé dans un fauteuil, Raoul Dehrmann me déshabillait du regard. Il ne faisait que ça. Grand Dieu ! Qu'il était beau, le cousin de Rébecca ! Sous d'épais sourcils arqués, il avait des yeux d'un vert profond sur lesquels retombaient quelques mèches rebelles d'une masse de cheveux bruns bouclés. Un nez droit, des lèvres fines et sensuelles, un menton volontaire. Le tout : un garçon terriblement séduisant, semblable à un jeune dieu grec. Il était de plus très bien bâti.

La musique était sur le point d'éclater mes tympans. De l'endroit où je me tenais, je pouvais observer tout le monde. Mais mon regard revenait sans cesse à Raoul. Rébecca me l'avait rapidement présenté. Et depuis, je sentais constamment son regard fixé sur moi. Lorsqu'il se décida enfin à s'approcher de moi, je crus un moment que j'allais m'évanouir… Bon, bon, OK ! Pas d'exagérations. Mais je ne saurais tout de même nier que ce garçon me plaisait énormément.

Raoul m'entraîna sur la piste avec un sourire au coin des lèvres. Il semblait assez sympathique. Pendant la danse, nous fîmes plus ample connaissance. J'étais comme foudroyée à chaque fois qu'il me regardait. J'étais troublée au point de regarder fixement le sol. Coup de foudre… La vie à la Vallée Sauvage m'apportait décidément bien des surprises !

La musique s'arrêta. Je me faisais sans doute des illusions. Je n'allais tout de même pas me croire amoureuse d'un garçon que je ne connaissais que depuis quelques heures ! La chaleur y était sans doute pour quelque chose…

Raoul me raccompagna à ma place. Mon cœur battait la chamade tandis que je consultais ma montre. Il était minuit et demie. Il me fallait rentrer. J'avais promis à ma mère de ne pas la laisser seule trop longtemps. Je me demandai quand je reverrais Raoul. Sans doute venait-il souvent chez sa cousine ? Pour le moment, il avait disparu…

Raoul était quelque peu étrange. Rébecca me l'avait dit. Il avait des habitudes singulières, telles que disparaître au milieu de la nuit sans donner de nouvelles… pour revenir trois ou quatre jours plus tard sans la moindre explication plausible. Rébecca avait sous-entendu qu'il serait mieux de garder mes distances, car son cousin fréquentait sans doute des endroits peu recommandables.

Je cherchai mon amie des yeux. Je la découvris au milieu d'un tas d'autres teen-agers. Je lui fis signe de venir me trouver. J'habitais à quelques minutes de la maison des Dehrmann. Je rentrerais donc à pieds, mais il me fallait être accompagnée… Rébecca, Sam et Raoul (revenu me tenir compagnie) proposèrent de faire route avec moi. La nuit était très calme. On s'en rendait compte en s'éloignant de la résidence de Rébecca. Nous marchions sur un sentier caillouteux. J'étais la seule à garder le silence, écoutant d'une oreille distraite le concert des anolis. Sam tenait Rébecca par la main. Raoul prit la mienne avec un sourire.

« Tu n'aurais pas dû abandonner tes invités, fis-je remarquer à Rébecca après un moment.

– Ils se rendront à peine compte de mon absence, répondit-elle simplement. »

Bientôt, je me retrouvai devant la vieille grille à peinture verte écaillée du château. Après m'avoir souhaité une bonne nuit, Rébecca et son petit ami s'éloignèrent avec un sourire complice. Raoul resta un moment dans la cour avec moi. Je lui proposai d'entrer, mais il refusa. Il aurait préféré une promenade au clair de lune. Ce fut à mon tour de refuser. Je ne pouvais m'empêcher de repenser à tout ce que Rébecca m'avait dit sur le compte de son cousin. Et il me faisait un peu peur. Il semblait entouré d'un mystère que nul ne pouvait percer.

Après quelques minutes, il m'embrassa sur les deux joues puis s'en alla. J'étais un peu déçue. Il ne m'avait même pas demandé mon numéro de téléphone. Poussant un soupir à fendre l'âme, je rentrai.

Un lourd silence régnait dans la maison. J'allumai avec empressement toutes les ampoules du rez-de-chaussée. Dans la salle à manger, je remarquai un petit billet laissé en évidence sur la table. Il avait été hâtivement rédigé à mon intention. Je reconnus tout de suite l'écriture de ma mère :

> *Stéphanie,*
> *Ton père a eu un accident. Ne t'inquiète pas. Si possible, ne reste pas seule. Retourne chez les Dehrmann.*

Je déposai le billet d'une main tremblante. A ma peur, s'ajoutait une vive inquiétude. Mon père avait fait un accident ? Je sentais la panique m'envahir. Pour essayer de me calmer, je me laissai tomber sur le canapé. Si mon père mourrait, qu'allais-je devenir ? Ne pouvant résister plus longtemps, j'éclatai en sanglots. Je montai en courant dans ma chambre et me jetai sur mon lit pour donner libre cours à mon chagrin.

J'étais plus ou moins calmée lorsque la porte s'entrouvrit doucement. Sans doute avait-elle été poussée par le vent ? Loin d'être rassurée, je me levai pour la refermer… et poussai un cri terrible qui déchira le silence pesant de la propriété Picourt. Allais-je m'évanouir ? Pendant quelques secondes, j'avais cru me retrouver devant un miroir, mais la créature qui se tenait devant moi était bel et bien réelle. C'était tout simplement un deuxième moi. Je sentis mes jambes de coton, et je tombai lourdement sur la moquette.

C'était un revenant. C'était la fille du tableau. Je fermai les yeux. Je les rouvris. *Elle* avait disparu. Non. Lorsque je me retournai, je *la* vis, appuyée contre la fenêtre. Je *la* détaillai, fascinée. *Elle* était pâle, très pale, trop pâle pour ne pas être un spectre. Oui, c'était un fantôme. *Elle* avait dans les yeux comme du brouillard. Il m'était impossible de savoir si c'était bien moi qu'*elle* fixait ainsi. Un pâle sourire flottait sur ses lèvres. *Elle* était toute de blanc vêtue, comme sur le tableau. *Elle* posa un doit sur ses lèvres :

« Chut…, fit-elle doucement. »

Je tremblais comme une feuille. *Elle* semblait venir d'un autre temps, d'un autre monde… Une pensée horrible me vint : Cette créature qui me ressemblait tant, et si j'en étais la réincarnation ? Sans *la* quitter des yeux, je me levai. Qu'auriez-vous fait à ma place ? Vous auriez pris vos jambes à votre cou, évidemment. Eh bien, c'est ce que je fis ! En quelques secondes, je me retrouvais dehors. Il faisait un noir d'encre, et le profond silence ne fit qu'augmenter ma peur. Je me mis à courir, comme poursuivie pas le diable. Et je l'étais !

Soudain, j'entendis des pas derrière moi. Sans me retournai, j'accélérai. Bientôt, une musique me parvint. Un parc d'attractions ! Des manèges, des montagnes russes… Dans un dernier effort, je me mis à courir encore plus vite. Enfin, j'aperçus un groupe de jeunes bavardant, fumant, buvant. Parmi eux, une silhouette bien connu : Raoul. Dieu merci ! Je me précipitai à sa rencontre. C'était comme s'il m'attendait. Je me retrouvai bientôt tout contre son torse rassurant.

« Raoul, murmurai-je, haletante. Ne me laisse pas tomber… »

Ce fut seulement lorsque nous nous mîmes en route pour la maison de Rébecca que je me rendis compte du ridicule de ma situation. Mais comment expliquer cette apparition dans ma chambre ? Raoul semblait me comprendre sans même m'avoir demandé des explications. J'avais comme l'impression qu'il lisait dans mes pensées. Et c'était loin de me plaire ! Soupçonnait-il les effets de son regard sur mon cœur ?

Je frissonnai. Je me retrouvais emportée dans un tourbillon maléfique duquel je ne me libèrerais peut-être jamais. C'était tout comme une pièce de théâtre. Sur scène, il y avait ma famille, mes amis, moi… et derrière tour ce décor, une autre que moi, une autre dont j'étais peut-être la réincarnation…

Je frissonnai de nouveau. Raoul m'entoura d'un bras réconfortant. J'avais peur. Peur de cette menace qui planait sur moi. Peur de Raoul. Peur de tout. Les paroles de Madame Bato me revenaient sans cesse à l'esprit. Elles me hantaient. A peine arrivée, je voulais déjà fuir l'atmosphère hostile de La Vallée Sauvage, réintégrer ma chère ville natale. Mais, j'étais ici. Et quelque chose me disait que je ne reverrais pas Port-au-Prince de si tôt.

Je grelottais malgré la chaleur étouffante. Je me retournai vers Raoul. Il dégoulinait de sueur. Son expression était impassible. Je me demandai à quoi il pouvait bien penser. Puis, la maison des Dehrmann se dressa devant nous. Dans l'obscurité, elle avait une silhouette très peu engageante. Le silence était total. Tout le monde était parti. En fait, c'est ce que je croyais. Des éclats de voix me parvinrent de la cour, me prouvant le contraire. Rébecca et Jennilynn prenaient un bain de nuit dans la piscine. Lorsque Rébecca me vit, une grande surprise se peignit sur son visage. Et moi, je me mis à débiter toute mon histoire, depuis le billet trouvé sur la table, jusqu'à ma rencontre avec Raoul.

Je me rendis bientôt compte que les deux filles me considéraient d'un drôle d'air. A les voir, on aurait dit que j'arrivais tout droit de Mars.

« Tu ne me crois pas ? demandai-je à Rébecca. »

Elle ne me répondit pas. Mais ses yeux parlaient pour elle. Ou bien elle croyait à une plaisanterie – qui serait d'ailleurs vraiment stupide – ou bien elle me prenait pour une détraquée mentale. Elle n'aurait pas tort de croire que j'avais perdu la boule, mais tout cela était vrai. Je n'avais pas rêvé. Et j'étais saine d'esprit.

Mes lèvres se mirent à trembler. Je trouvais cette situation insupportable. Elles ne me croyaient pas. Surtout Jennilynn. Celle-ci me considérait avec des yeux remplis de dédain.

« Et où est-il donc ? me demanda-t-elle. »

Le *il* en question, il s'agissait de Raoul. Je me retournai. Personne. Raoul avait disparu.

« Sans doute est-il retourné au parc d'attractions, fis-je dans un murmure. »

Rébecca et Jennilynn se regardèrent.

« Mais il n'y a pas de parc d'attractions à la Vallée sauvage ! »

Qu'est-ce qui m'avait pris de tout leur raconter ? Comment avais-je pu penser un seul instant qu'elles me croiraient ? Même Anne-Valérie et Alice plaisantaient au sujet des fantômes du château. Et je devais avouer qu'à leur place, j'en ferais autant.

Ma mère vint me chercher aux environs de trois heures du matin. Je m'étais assoupie dans un fauteuil lorsque l'avertisseur d'un taxi annonça son arrivée. Je me frottai les yeux, puis allai la rejoindre. Elle était seule et n'affichait aucun air anxieux. Cela me rassura. En effet, je n'avais pas besoin de me faire de la bile : mon père n'avait presque rien. On le gardait cependant à l'hôpital jusqu'au lendemain. Je mourrais d'envie de le revoir !

Lorsque je rentrai à la maison, tout ce qui m'était arrivé quelques heures plus tôt me revint en tête et les battements de mon cœur redoublèrent. En passant la porte d'entrée, je regardai dans toutes les directions pour m'assurer qu'aucune mauvaise surprise ne m'attendait. Je montai l'escalier d'un pas incertain, suivie de ma mère, puis m'enfermai dans ma chambre après l'avoir balayée du regard et vérifié le contenu de mon placard.

Je me souvins alors du journal trouvé au sous-sol et décidai de poursuivre ma lecture. L'auteur du manuscrit parlait encore de la jeune fille qu'il rencontrait sans cesse :

> *18 août*
> *Cher journal,*
> *Elle s'appelle Karoll-Ann. Aujourd'hui, au cours d'une promenade matinale, je l'ai revue, mais elle n'a pas semblé s'apercevoir de ma présence. Elle était seule, dans le parc d'attractions, assise dans un coin…*

J'avalai ma salive avec difficulté. Un parc d'attractions… A l'époque, il en existait donc un à la Vallée Sauvage !

Un animal hurla. Un chien ? Un loup-garou ? Impossible de le savoir. Je me mis à trembler. J'avais l'affreuse sensation que l'histoire racontée dans ce journal était la mienne. Ou plutôt l'histoire de celle que j'avais été dans une autre vie. Les sens en éveil, je lus la suite. Le vieil homme décrivait Karoll-Ann sans omettre un seul détail. Maintenant, j'étais convaincue que Karoll-Ann et la créature qui m'était apparue ici même, dans ma chambre, n'était qu'une seule et même personne. Sinon, il s'agissait d'une coïncidence troublante…

Je fermai les paupières. Il était temps que ce cauchemar prit fin, que ma vie reprit son cours normal. J'aurais tout donner pour échapper à cette évidence : j'étais une réincarnation, la réincarnation d'une jeune fille nommée Karoll-Ann et dont le spectre m'était apparu. A sa vue, j'avais fui pour me retrouver dans un parc d'attractions qui n'existait plus. Et j'avais l'impression de ne plus vivre ma vie mais plutôt d'être une marionnette possédée de forces démoniaques.

Karoll-Ann me réapparut. En rêve.

C'était une nuit glaciale. Et je courais. Les lieux me semblaient étrangement familiers, bien que je fusse convaincue de les voir pour la première fois. Soudain, je me retrouvai devant une grande grille que je poussai d'une main tremblante. Je me sentais comme enveloppée d'une force maléfique qui m'empêchait de me déplacer librement.

Un rayon de lune éclaira mes pas. Je poussai un cri et avalai péniblement ma salive : un cimetière !

Même plus courageux que moi aurait fui. Ce cimetière était loin de ressembler à un lieu de repos. Six cercueils étaient alignés devant moi. Sur chacun d'eux : une bougie éteinte. Je les contemplai, fascinée. Je crus que mon cœur allait céder lorsque l'un des couvercles bascula.

Je voulus fuir, rentrer à la maison. Mais impossible de bouger. J'étais comme clouée au sol. Il m'était même impossible d'articuler un mot.

Je fermai les yeux. Une sueur glacée me coulait le long du dos. Je restai ainsi pendant plusieurs secondes puis, comme poussée par je ne sais quoi, j'entrouvris les paupières. Karoll-Ann se tenait devant moi. Les bougies étaient allumées. Karoll-Ann avait une leur étrange dans les yeux. Elle se mit à parler. Et aussi singulier que cela puisse paraître, je me sentais dans un calme intérieur profond.

« Ne me fuis pas, Stéphanie, je t'en supplie. J'ai besoin de toi ! »

Karoll-Ann ne me faisait plus peur. Elle avait simplement besoin de moi. J'étais la seule à pouvoir l'aider. Mais l'aider en quoi ? Je lui posai la question. Avant qu'elle n'ait pu me répondre, elle fut saisie de tremblements convulsifs. Elle me jeta un regard désespéré :

« Alpasie… Libère-moi… Le tableau ! murmura-t-elle avant de s'écrouler. »

Au même moment, une main poilue se posa sur mon visage. Et ce fut à mon tour de tomber lourdement sur le sol.

Lorsque j'ouvris les yeux, j'étais allongée sur le parquet de ma chambre et ma tête me faisait terriblement mal. Il était six heures du matin. Je regardai par la fenêtre. Il ventait dehors. Je me levai doucement, souffrant partout de courbatures.

Karoll-Ann faisait appel à moi. Il fallait l'aider. Poussée par mon instinct, je me rendis dans le couloir. Le tableau avait repris sa place. Plus rien ne semblait pouvoir m'impressionner maintenant. Mais je pensai tout de même avec effroi que mon avenir dépendait peut-être de ce que je ferais à partir du moment même où je fixais ce morceau de toile. Il me fallait à tout prix découvrir qui était Alpasie. Madame Bato m'aiderait sans doute à trouver des réponses à toutes mes questions.

Je me rendis à l'épicerie dès que la grande horloge en acajou eut sonné huit heures. Aurélia m'accueillit avec beaucoup de chaleur, et m'offrit même une tasse de café. J'acceptai avec joie. J'avais grand besoin de me réveiller.

« Alors, ça va, mon petit ? me demanda-t-elle en remplissant ma tasse. »

J'acquiesçai. Mais sans doute remarqua-t-elle mon air lointain, car elle posa sa main sur mon épaule d'une façon réconfortante.

« Il y a quelqu'un ? »

Une cliente venait d'entrer. Madame Bato s'excusa auprès de moi puis s'en fut aider la nouvelle arrivée. De mon côté, je demeurai dans l'arrière-boutique afin d'inspecter les rangées de livres de la bibliothèque. L'épicière m'avait laissé comprendre que je pouvais en disposer à ma guise. Les bouquins semblaient tous dater du siècle dernier. J'ouvris par hasard l'un d'eux duquel s'échappa une page. Je la ramassai et en lus les premières lignes :

« D'origine africaine, le vodou, mélange de pratiques magiques, de sorcellerie et d'éléments du rituel chrétien, a été importé dans les Antilles avec la traite des noirs. Les divinités de ce culte sont vénérées avec une ferveur mêlée de crainte… »

Je froissai le papier avec rage. J'en avais assez de toutes ces histoires ! J'avais toujours l'impression d'être épiée, suivie… Tout cela me rendait folle !

Aurélia Bato ne tarda pas à revenir.

« Aurélia, pourrais-tu me parler encore un peu des rumeurs qui circulent sur notre propriété ? lui demandai-je.

– Bien sûr ! »

Elle reprit l'histoire qu'elle m'avait racontée la première fois que j'étais venue la voir.

« Avez-vous connu Xavier Leconte ?

– Non, répondit l'épicière. Enfin, pas vraiment. Par contre, j'ai très bien connu son fils Arnold. Je crois même avoir une photo de lui. Attends-moi une minute… »

Elle ouvrit un tiroir et en sortit une photographie en noir et blanc. Elle me désigna un jeune homme haut et maigre, vêtu d'un smoking gris. Une fille blonde était suspendue à son bras.

« Le voici, dit Aurélia. Arnold Leconte. Et à côté de lui, sa fiancée Alexandra-Pascale, la fille de Pierre Sina, l'ancien maire du Cap… »

Mon regard se posa sur la photo. Je me demandais où avais-je déjà vu ce garçon. Décidément, depuis quelques jours, j'avais l'impression de connaître tout le monde. De son côté, Aurélia Bato continuait ses explications :

« Xavier Leconte est mort juste avant le mariage de son fils… trois jours avant. Lorsque Arnold a annoncé à sa bien-aimée que les noces devraient être renvoyées, Alexandra-Pascale l'a très mal pris. Elle a accusé Arnold de la tromper avec un certaine Karoll-Ann, la protégée de Xavier… »

Je tressautai. J'encourageai la vieille dame à poursuivre, retenant mon souffle. J'écoutai fébrilement la suite :

« Quelques jours plus tard, Karoll-Ann était retrouvée, brûlée. Les rumeurs courent vite, tu sais. Tout le monde disait que la fille du maire, pratiquant la magie noire, avait tué sa soi-disant rivale. Alpasie fut chassée de la vallée… »

Je tressaillis. La surprise m'empêchait de parler. Alexandra-Pascale Sina… Al.. pa.. sie. ALPASIE. Je fus saisie de longs frissons. Je n'aurais jamais fait le rapprochement.

« L'autre jour, vous parliez d'un passage secret reliant ma maison à une autre propriété… Qu'est-elle devenue, cette propriété ? demandai-je sans trop savoir pourquoi.

– Un cimetière, souffla Aurélia. »

Un cimetière… Je pensai à mon rêve…

« C'est d'ailleurs là que furent enterrés Xavier Leconte et les restes de Karoll-Ann Goscinny…

– Il faut y aller ! criai-je presque. »

Ces paroles avaient été prononcées par moi. Mais Karoll-Ann me les avait dictées.

CHAPITRE 5

« Nous y sommes ! lança Aurélia. »

Mon cœur battait drôlement vite. C'était bien le cimetière que j'avais vu la veille au soir, sauf qu'il était mieux aménagé. Sans doute l'avais-je aperçu le jour de mon arrivée, sinon je voyais mal pourquoi ce lieu me semblait si étrangement familier.

Je détestais les cimetières.

Le gardien s'était endormi dans un coin. Quelques oiseaux se posaient de temps en temps sur les branches des vieux flamboyants. La température était tiède et en d'autres circonstances, j'aurais peut-être apprécié le parfum délicat des roses blanches. Madame Bato semblait avoir l'esprit ailleurs. Appuyée contre le tronc d'un arbre, elle fixait le ciel sans mot dire.

Un froissement de feuilles mortes me fit tourner la tête. Un homme se tenait debout. C'était le gardien. Il avait la tête massive, les traits grossiers, les yeux scrutateurs et la mine fatiguée. Les sourcils touffus, le nez retroussé, le front bosselé… le tout, encadré d'une masse de cheveux hirsutes et grisonnants. Il semblait tout droit sorti d'une caverne, surtout avec son tricot élimé et son pantalon retroussé.

Il grimaça un sourire et me tendit une main aux doigts noueux :

« Hector, pour vous servir, mademoiselle ! »

Il nous proposa de nous faire visiter le cimetière.

Hector était très bavard. Il s'arrêtait devant chacune des pierres tombales et se croyait obligé de nous raconter une anecdote de la vie de son propriétaire.

« Pierre Voisin. Ah ! C'était un homme qui avait du caractère, celui-là ! Je me souviens du jour où il est tombé de cheval. Il s'est cassé la jambe droite et… »

Et nous l'écoutions religieusement sans jamais oser l'interrompre, de peur de le froisser. Bien qu'il fût au soir de sa vie, Hector se déplaçait d'un pas ferme et précis. Il m'effrayait un peu lorsqu'il posait sur moi ses yeux rougis par la vieillesse, la chaleur et la fatigue ; il me dévisageait comme s'il aurai voulu lire dans mes pensées.

Soudain, quelque chose me sauta sur le dos. Je poussai un cri. Hector s'approcha de moi et saisit « la chose » en question. Il s'agissait d'un gros matou aux poils touffus et noirs. Hector le prit dans ses bras et le serra tout contre lui :

« Ça, c'est Figaro. »

Le vieil homme avait parlé avec une pointe de tendresse dans la voix, tout en caressant l'animal.

« Il connaît le coin aussi bien que moi, ajouta-t-il en reposant le chat sur le sol. Viens avec moi, Figaro ! »

L'interpellé se mit à nous suivre sans jamais nous lâcher d'une semelle. Ce n'était vraiment pas un chat comme les autres. Madame Bato, de son côté, était plongée dans un autre univers. Elle ne semblait pas s'apercevoir de ce qui se passait autour d'elle et se contentait de marcher à nos côtés sans prononcer un mot. Moi aussi, je me taisais. Mais pour montrer à Hector qu'il ne parlait pas dans le vide, je hochais de temps en temps la tête en murmurant un vague « oui. » De toute façon, rien ne l'empêcherait de continuer sa litanie. Il le faisait même avec de plus en plus d'entrain.

Le discours du vieux gardien ne me permettait cependant pas d'oublier ce que j'avais appris de Madame Bato, et surtout ce qui m'était arrivé la veille. L'apparition… ma fuite… Raoul… Raoul ! Mais où donc avait-il disparu ? Je frissonnai et réalisai que le rythme des battements de mon cœur allait croissant depuis mon entrée au cimetière. Mon rêve me revenait sans cesse à l'esprit et une sueur glacée me coulait le long du dos. Une peur horrible m'envahissait de plus en plus et je sentais comme un danger tout près de moi.

Soudain, je me retrouvai devant une pierre tombale différente des autres. Je m'approchai pour mieux lire l'inscription qui y était gravée :

Ci-gît Karoll-Ann Goscinny
29 avril 1938 – 1er novembre 1954
Que son âme repose en paix

Figaro se mit à miauler tout en se frottant contre mes jambes. Je me sentais de plus en plus entourée d'une force maléfique. Je devais au plus vite quitter cet endroit… je pris mes jambes à mon cou.

Les jours passèrent. J'essayais de penser le moins que possible à Karoll-Ann. Et tout allait bien, lorsqu'au milieu d'une nuit, je fus réveillée par un bruit sourd. Je tendis l'oreille. Le silence s'était rétabli. Un silence profond, troublé uniquement par le tic-tac de ma pendule. Peu rassurée, je me retournai dans mon lit, espérant retomber promptement dans les bras de Morphée. Mais il était écrit quelque part qu'il n'en serait pas ainsi, car à peine commençais-je à me rendormir, le bruit se répéta. C'était comme si l'on déplaçait des meubles et jetait des choses par terre. Dressée sur mon séant, j'écoutais ; cela se répétait, s'arrêtait, recommençait...

« N'aie pas peur, me dis-je intérieurement. »

Puis je me mis à réfléchir tout haut, pour dominer ma frayeur :

« Cela vient certainement du rez-de-chaussée. Ce ne peut être un voleur, il prendrait plus de précautions. Un oiseau ne ferait pas autant de bruit, un rat encore mois. Alors, qu'est-ce que c'est ? Et surtout, qu'est-ce que je fais ? »

Je me décidai après mille réflexions. Je me levai, enfilai une robe de chambre. Alors que je me dirigeais vers la porte, j'eus un moment d'hésitation. Je n'avais aucune envie de descendre seule au sous-sol, particulièrement après une récente visite au cimetière... Je me munis d'une lampe de poche au cas où... On ne sait jamais ! Et une fois dans le couloir, je faillis hurler de terreur quand une masse de poils vint me sauter dessus. Qu'était-ce ?

Je restai bouche bée après avoir attentivement regardé l'animal. J'aurais donné ma main à couper, il s'agissait de Figaro. Que faisait-il ici ? Sans toutefois me poser davantage de questions, je le pris dans mes bras et continuai mon expédition, le chat serré contre mon cœur. Puis soudain, je m'arrêtai. Et si ce n'était que Figaro qui m'avait tant effrayée ? Comme pour me démentir, le bruit se reproduisit.

L'orage éclata. Le tonnerre grondait à percer les tympans, et de nombreux éclairs d'un bleu électrique zébraient le ciel. De temps en temps, tout ceci me faisait sursauter. C'était la première que j'entendais un tel vacarme.

Toutes les lumières s'éteignirent. Il ne manquait plus qu'une coupure d'électricité pour couronner le tout... Je descendis doucement l'escalier après avoir allumé ma lampe de poche. Je me retrouvai au rez-de-chaussée, devant la porte menant au sous-sol. Elle était entrouverte. Rassemblant mes forces, je l'ouvris toute grande. Au même moment, je reçus un terrible coup sur la nuque et m'évanouit.

Lorsque j'ouvris les yeux, j'étais allongée sur de l'herbe humide. Figaro était près de moi, miaulant et regardant de tout côtés, comme avec inquiétude. Où étais-je ? Avais-je de nouveau fait un saut dans le passé ? Je me mis debout. Sans doute n'allais-je pas tarder à le savoir ? Le silence était total et je distinguais à peine les alentours.

Soudain, des bougies s'allumèrent. Je hurlai. Tout autour de moi, il y avait des tas de gens. Il ne me fallut pas plus d'une seconde pour reconnaître les personnages du tableau de Karoll-Ann. Ils ne semblaient pas s'être aperçus de ma présence. Karoll-Ann était-elle présente ? Oui.

Pourquoi commençais-je à avoir aussi chaud ? Je me retournai. Un grand feu avait été allumé, et des femmes dansaient tout autour. Je reculai avec effroi. Mais j'étais comme transparente. Personne ne semblait me voir. Sauf Karoll-Ann. Elle me fixait de ses yeux noirs et tristes. Comme sur la toile du couloir, toute de blanc vêtue, elle se tenait près d'un vieillard au visage sadique. Des femmes dansaient, faisaient tournoyer des couteaux au-dessus de leurs têtes. Des couteaux à la lame pointue et effilée, prête à couper des têtes… Des hommes battaient le tambour à un rythme régulier. Tap… tap… tap…

Soudain, le silence se réinstalla. Le vieil homme s'éloigna de Karoll-Ann, pour s'approcher du feu. Il se mit à parler à l'assemblée dans une langue bizarre. Alors que je me demandais quand allait prendre fin sa litanie, il leva soudain les yeux vers moi et pointa son doigt dans ma direction :

« Attrapez l'intruse ! cria-t-il. »

Je courus dans les bois. Je ne savais pas où j'allais. Tout ce que je voulais, c'était fuir. Je préférais ne pas imaginer ce qui m'arriverait si seulement l'on m'attrapait. Je préfèrerais mourir ! J'arrivai bientôt dans une petite clairière. Je n'entendais plus les pas derrière moi. Morte de fatigue, je me laissai tomber par terre.

Reprenant mes esprits, j'entendis crier mon nom. C'était une voix inconnue. Une voix qui résonna dans tous les recoins de la maison. Une voix masculine ou féminine, je ne saurais le dire. Je me levai, le cœur battant la chamade. Je saisis la lampe de poche et éclairai le couloir. J'étais de retour dans mon univers.

J'essayais d'oublier ma peur, d'oublier cette force obscure qui rendait la maison vivante. Je longeai le couloir, à la recherche de celui ou de celle qui m'avait appelée. Je savais que cela était insensé, voire dangereux, mais il me fallait savoir pourquoi Karoll-Ann avait besoin de moi et comprendre tout ce qui m'arrivait.

Ma tête me faisait douloureusement mal. J'avais l'impression d'entendre encore des roulements de tambours. Je m'appuyai contre le mur, m'attendant à voir surgir à tout moment l'une des créatures que j'avais vues en rêve. En fait, ce ne pouvait être un rêve. C'était beaucoup trop réel. J'étais sûre qu'il s'agissait de quelque chose d'autre, quelque chose d'inconnu du monde des vivants, quelque chose que personne ne pouvait comprendre.

J'avais fait un saut dans le passé. Où peut-être était-ce un saut dans le futur ? Pourquoi cette dernière pensée m'était-elle venue à l'esprit ? J'avais vu la pierre tombale de mes propres yeux. Karoll-Ann était morte, rien ne pouvait y remédier.

Depuis quelques temps, des pensées qui n'étaient pas les miennes me venaient en tête, et j'agissais comme jamais je ne l'aurais fait auparavant, peureuse telle que je l'étais. Aussi me voilà, à une heure particulièrement tardive, à serrer Figaro contre moi pour sortir dans la rue, sous les rayons de la pleine lune et les dernières gouttes de pluie. Je me dirigeais vers le cimetière. Je savais qu'à cette heure, Hector était parti, sa tournée prenant fin à onze heures et demie. Le cimetière serait donc désert, et la barrière pas très difficile à escalader. Je connaissais parfaitement le chemin à prendre pour parvenir jusqu'à l'allée qui conduisait jusqu'à la tombe que je recherchais : celle de Karoll-Ann Goscinny. Mais n'allais-je pas me perdre dans l'obscurité ?

Comme prévu, je me retrouvai sans peine de l'autre côté du grillage. Figaro sauta après moi sur le gazon, puis tourna la tête, comme pour m'inviter à le suivre. Ce que je fis. J'avançais prudemment. Seule dans ce grand cimetière (permettez-moi d'exclure Figaro) et me sachant entourée de forces obscures, j'avais les sens en éveil. Je ne pourrais décrire ce que je ressentais. Les plus grands mots du dictionnaire ne sauraient convenir pour définir cette sorte de terreur qui m'habitait.

Finalement, j'arrivai là où je voulais. Mais je ne pus retenir une exclamation de surprise. Tout ce qui, ce matin même, était gravé sur la pierre tombale, avait disparu. Pourtant, je n'avais pas rêvé !... Alors, comme pour me donner raison, quelque chose s'inscrivit sous mes yeux :

Ci-gît Karoll-Ann
29 avril 2006 –
Daigne Dieu sauver son âme !

Je frémis. Il me venait une pensée folle : Karoll-Ann avait vécu. Je vivais. Karoll-Ann vivrait de nouveau.

C'était écrit là, sur la pierre tombale… Mais pourquoi le nom de famille et la date du décès n'étaient-ils pas gravés ?

Sans trop savoir pourquoi, je me retournai. Le vieillard qui m'était déjà apparu à deux reprises était de nouveau là. J'allais prendre la poudre d'escampette, mais la supplication que je lus dans ses yeux suffit à me retenir. Il se produisit alors un déclic dans ma tête. Cet homme, c'était Xavier Leconte ! Ou plus exactement son fantôme…

Je comprenais maintenant pourquoi Arnold avait attiré mon attention sur la photographie. Il ressemblait à son père de manière surprenante. Le journal trouvé au sous-sol appartenait sans doute à Xavier. Avec un peu de chance, je finirais par éclaircir le mystère qui entourait Karoll-Ann.

Xavier s'approcha de moi :

« Nos âmes ne seront en paix que lorsqu'elles n'auront plus à crier vengeance, murmura-t-il. »

Je ne répondis rien. Cela n'arrivait pas souvent d'avoir à converser avec un fantôme ! Il fixa son regard dans le mien :

« Toi seule peux procurer à nos âmes le repos éternel…, dit-il encore. »

Moi ? Comment ? J'ouvris enfin la bouche. Je demandai à Xavier comment je m'y prendrais pour sauver ces mes. Et surtout, les âmes de qui ?

« Mon âme et celui de ma protégée devront être sauvées, répondit-il. Sinon nous serons condamnés à hanter la propriété Leconte jusqu'à la fin des temps. Agis vite. Avant le premier novembre. Si tout n'est pas fait à temps, le destin frappera comme Alpasie l'a voulu et, nouvelle victime, tu nous rejoindras dans le néant…

– Je ne comprends pas, expliquez-moi ! criai-je. »

Mais le vieillard avait disparu.

Mauvaise surprise : ma mère m'attendait sur le perron, les mains sur les hanches.

« Où étais-tu ? »

Cette question avait fusé comme une sorte d'aboiement. Que répondre ? Au cimetière ? C'était bien ce que j'allais lui dire, mais je me ravisai. Elle ne me croirait jamais. Elle me prenait sans doute pour une folle, puisque me surprenant au retour d'une balade nocturne… en pyjama ! J'allais lui répondre n'importe quoi, mais elle ne me laissa pas l'opportunité d'ouvrir la bouche. Elle explosa :

« Petite peste ! Tu étais avec Raoul, n'est-ce pas ?

– Quoi ? »

A la seule mention de ce prénom chéri, je rougis jusqu'aux oreilles. Mais que venait chercher Raoul Dehrmann dans l'affaire ? Ma mère, quant à elle, continuait :

« Et, s'il te plaît, ne me dis pas qu'il ne s'agit pas de ton petit ami… Lorsqu'un jeune homme téléphone une fille trois fois par jour, c'est qu'il y a anguille sous roche ! »

Les battements de mon coeur se précipitèrent. J'étais pleine d'espoir :

« Raoul a téléphoné ?

– Comme si tu ne le savais pas ! Et d'abord, ne m'interromps pas lorsque je te parle… »

Mais déjà, je ne l'écoutais plus. Mon esprit vagabondait vers Raoul. Une tape magistrale donnée sur mon épaule me ramena sur terre. Ma mère poussait un soupir excédé :

« Je veux bien que tu aies un copain, mais tout de même, pas un rendez-vous à cette heure ! Et surtout pas en chemise de nuit…

– Cela ne se reproduira plus, Maman, dis-je laconiquement.

– Promis ?

– Promis ! »

Elle me serra dans ses bras, et m'embrassa tendrement. Ouf ! Je l'avais échappé belle ! Je me disais parfois que ma mère était un peu trop cool. D'autres en auraient profité pour faire mille bêtises ! Je montai me coucher en fredonnant une chanson de Michaël Bolton. Toute mauvaise pensée avait quitté mon esprit. Je ne pensais plus qu'à Raoul et aux jours à venir. Il avait téléphoné, alors j'avais raison d'espérer.

Si une personne est tuée à cause d'une autre, son âme ne reposera jamais en paix avant qu'elle ne soit vengée. Je le croyais fermement. Ainsi, si Xavier Leconte et Karoll-Ann Goscinny étaient morts par la faute d'Alpasie, leurs fantômes erreraient sur terre jusqu'à ce que cette sorcière soit châtiée. C'était d'ailleurs ce que m'avait laissé comprendre le vieillard. Il me fallait absolument retrouver les traces d'Alexandra-

Pascale Sina. Sinon je voyais mal comment aider le vieil homme et sa protégée.

Je me retraçai l'histoire de la famille Leconte afin de ne pas perdre le fil des événements. Arnold Leconte était fiancée à Alpasie. Trois jours avant le mariage survint le décès de Xavier. Alpasie se fâche en raison du renvoi des noces.

Je me demandais pourquoi cette impatience à épouser Arnold. Elle l'avait accusé de la tromper avec Karoll-Ann. Sans doute était-ce là la réponse à ma question ? Peut-être avait-elle senti chez son fiancé un faible pour la protégée de son père, et avait-elle voulu devenir sa femme avant qu'il ne soit trop tard ? Sans doute… Et voyant que les choses tardaient à se faire, elle aurait tué sa rivale ? Décidément, une femme amoureuse est capable de tout…

Mais que venait chercher Xavier Leconte dans l'histoire ? Un tas de suppositions se présentaient. Il aurait sans doute préféré Karoll-Ann à Alpasie pour son fils… Il devenait alors gênant pour Alexandra Pascale. Mais dans sa fureur, la future épouse avait oublié le fait que le mariage allait devoir être renvoyé, ce qui explique sa réaction lorsqu'on vint lui « annoncer » la mort de Xavier…

Un autre problème se présentait. Comment retrouver une femme dont on n'avait plus entendu parler depuis quarante ans ? Je soupirai. Si je continuais à penser à tout cela, j'allais devenir folle, c'était sûr.

Le lendemain, je me réveillai au début d'un sombre après-midi. Le ciel était recouvert d'une longue robe grisâtre. Bien qu'il fût près d'une heure, je pouvais à peine ouvrir mes yeux bouffis de sommeil. Il faisait horriblement chaud. S'il ne pleuvait pas d'ici ce soir, j'allais étouffer. Heureusement que la météo prévoyait un gros orage.

Le téléphone sonna. Je décrochai fébrilement, et poussai un soupir déçu en entendant la voix de Rébecca à l'autre bout du fil. Moi qui espérais parler à son cousin !

Rébecca semblait surexcitée. Elle me demanda de venir la voir.

« Fais vite ! J'ai plein de choses à te raconter ! me dit-elle. »

J'acceptai, néanmoins sans grand enthousiasme. Ce qu'elle avait à me dire n'était tout de même pas important au point de nécessiter mon déplacement ! Et si Raoul appelait durant mon absence ? Plus j'y pensais, moins j'avais envie de sortir. Toutefois, après avoir déjeuné, je me rendis chez Rébecca. Lorsque je sonnai, Madame Dehrmann vint m'ouvrir :

« Ah ! C'est toi ! Comment vas-tu ?

– Bonjour, Madame. Rébecca est là ?

– Mais oui, tu peux monter. Elle t'attend. »

La maison, très jolie, était même somptueuse. Les pièces spacieuses avaient été décorées avec goût et on y respirait la bonne humeur. Je gravis les marches de l'escalier et je me retrouvai dans un immense couloir.

« C'est la porte du fond ! me cria d'en bas Madame Dehrmann. »

Mais moi, je voyais deux portes. Laquelle choisir ? Non. Il y en avait trois. Je me rendis alors compte que c'était l'image qui dansait devant moi… Je m'appuyai contre le mur. J'avais mal aux yeux. La tête me tournait, et j'avais la nausée.

Je m'évanouis.

J'entendais des voix à mes côtés. J'essayai de soulever les paupières. Impossible. Impossible aussi de bouger ou de prononcer un mot. Que m'arrivait-il ? Quelqu'un prenait mon pouls. J'entendais distinctement tout ce qui se disait. Et il aurait mieux fallu que ce ne fût pas le cas. Car un homme demandait :

« Où est Rébecca ? »

Un autre répondait :

« Elle est morte. »

CHAPITRE 6

Rébecca ? Morte ? Ce n'était pas possible. Je n'arrivais pas à y croire. Et à moi, qu'était-il arrivé au juste ? Ce fut la question que posa justement l'un des hommes à mon chevet.

« Elle est juste évanouie, répondit son interlocuteur. »

Ouf ! J'avais craint un moment que l'on ne me crût morte moi aussi, et que l'on ne me conduisît à la morgue. Mais il savait heureusement que j'étais vivante.

On me souleva et me déposa sur un lit. J'entendis crier. C'était sans doute Madame Dehrmann. Cela devait être horrible de perdre un être cher. J'aurais mieux fait de ne pas venir, de paresser sous mes couvertures. Rébecca était morte. Comment ? Et si je mourrais moi aussi ? La même pensée me revenait sans cesse. J'avais beau essayer de la chasser, rien n'y faisait. J'avais très peur…

J'entendis la voix de ma mère, puis celle de mon père. Ce dernier était donc enfin arrivé !

« Où est Madame Dehrmann ? demanda-t-il.

– A l'hôpital, répondit quelqu'un. Elle fait une dépression nerveuse.

– Ah bon ? Et vous ? Vous êtes…

– Raoul Dehrmann, le cousin de Rébecca.

– Où donc est celle-ci ?

– Malheureusement… Rébecca est morte… »

Sa voix s'était cassée. J'y perçus l'émotion qu'il avait voulu cacher. J'aurais tant voulu consoler Raoul ! Ainsi que ma mère qui avait éclaté en sanglots. Mon père essayait de la réconforter. Cette situation m'était insupportable.

J'entendis alors quelqu'un s'adresser à moi. Mais ce quelqu'un ne se trouvait pas dans la pièce. Il s'agissait de Karoll-Ann :

« Figaro sera partout ton éclaireur. Fais tout ce qu'il te dira. »

Puis je n'entendis plus rien. Je prendrais donc le chat du gardien pour guide, dès que je pourrais me lever. Mais dans combien de temps ?

« Ah ! s'exclama mon père. Voilà le docteur. Enfin ! »

« Elle va apparemment bien, dit le médecin après m'avoir longuement auscultée. Et c'est justement pourquoi son cas m'intrigue. Appelez une ambulance ! »

Non ! Je ne voulais pas aller à l'hôpital. Pour rien au monde. Maureen n'était pas la seule à avoir une peur bleue des hôpitaux. Je n'avais rien. Je le savais. Mais pas eux. Et j'étais immobile, impuissante, incapable de manifester mon désaccord.

Un silence inquiétant s'établit dans la pièce. L'idée d'un avenir incertain me faisait frissonner. Si au moins je savais quoi faire… Mais je n'avais personne pour m'aider, personne pour me guider dans l'état où j'étais. J'étais seule, livrée à moi-même… Je ne pouvais m'empêcher de maudire cette vallée perdue où le diable semblait avoir élu domicile. Je repensais constamment aux années heureuses et insouciantes passées à Port-au-Prince. Oh, Grand Dieu ! Comme je regrettais de ne pas avoir insisté auprès de mes parents pour rester dans ma ville natale ! Mais, d'un autre côté, je me disais que si j'étais restée là-bas, je n'aurais jamais rencontré Raoul. J'étais tellement heureuse de le savoir à mes côtés ! Si cela n'avait pas été le cas, j'aurais sans doute cédé à la panique depuis longtemps. Sa présence était… rassurante.

Je n'avais pas pris beaucoup de temps pour réaliser que j'avais été l'une des nombreuses victimes du coup de foudre, je l'ai déjà dit. Mais je craignais que mes sentiments ne fussent pas réciproques. Je ne voulais pas commettre la même erreur : celle d'avoir à aimer pour deux.

Mes parents échangèrent quelques banalités pour réchauffer l'atmosphère. Raoul ne disait mot. Peut-être était-il parti ? Quelqu'un entra dans la chambre. C'était le médecin :

« L'ambulance va arriver, annonça-t-il. Tout ira bien. Je me trouve malheureusement dans l'obligation de prendre congé. Mais avant de partir… »

Il ne termina pas sa phrase, s'approchant de moi afin de prendre ma température. Je me sentais lasse, très lasse…

« Elle est morte, dit-il soudain, d'une voix blême. »

Puis je n'entendis plus rien. Je savais tout simplement que je vivais. Mais eux, ils l'ignoraient… Je savais que ce n'était pas la fin. Je n'entrais pas dans le néant. Je l'aurais su, sinon. J'en étais sûre.

Un destin horrible, atroce, monstrueux, semblait m'attendre…

Je me réveillai. Avais-je rêvé ?

En tout cas, maintenant je pouvais bouger, et j'entendais parler autour de moi. Quelqu'un pleurait. Non. Plusieurs personnes pleuraient. Où étais-je ?

J'ouvris les yeux… et je hurlai. Aussitôt, tout le monde se tut. Je me croyais couchée dans un lit, mais ce n'était pas le cas. Non. J'étais allongée dans un cercueil… J'étais dans le salon mortuaire de Pax Villa à Port-au-Prince !

Je me dressai sur mon séant. J'avais les jambes en coton. La foule de personnes rassemblée dans le salon se mit à crier. Sur les visages se peignait une grande terreur. J'étais assez secouée moi-même pour ne pas penser à ce que ressentaient tous ces gens trop choqués pour prendre la poudre d'escampette.

Je parcourus rapidement la salle du regard. Tous mes amis étaient apparemment là. Même Alain était présent. Je m'approchai de ma mère assise à l'une des premières rangées. Elle se mit à trembler, puis perdit connaissance. Cette situation m'était insupportable. Tout le monde me fuyait.

Alors, je vis Raoul. Il s'approcha de moi, et me prit la main. Nous sortîmes par la porte d'à côté. Sans trop savoir pourquoi, nous nous mîmes à courir. Après un moment, essoufflés, nous nous assîmes sur l'asphalte brûlant. Comme j'allais parler, le garçon posa son doigt sur mes lèvres :

« Chut… souffla-t-il. Je sais tout. »

Il savait ? Comment cela était-il possible ? Mais, ce n'était pas cela l'essentiel. Maintenant que j'avais quelqu'un avec qui partager mon secret, je me sentais beaucoup mieux. J'entendis soudain un miaulement. Figaro. Je me rappelai le message de Karoll Ann : « Figaro sera partout ton éclaireur. Fais tout ce qu'il t'indiquera. » Nous suivîmes l'animal. Celui-ci nous conduisit jusqu'à la voiture de Raoul.

« Monte, me dit le garçon.

– Nous allons à la Vallée Sauvage, lança quelqu'un d'autre. »

Je frissonnai. Je me tournai vers Figaro qui avait pris place derrière nous. C'était lui. Le chat avait parlé.

« Aie confiance, murmura Raoul en me pressant la main. »

Nous arrivâmes à destination trois heures et demie plus tard, à la tombée de la nuit. Raoul gara sa Mazda devant le château. Figaro nous fit signe de le suivre.

« Une promenade au clair de lune ? plaisanta Raoul pour détendre l'atmosphère. »

Après quelques minutes de marche, nous arrivâmes devant une petite maison de bois. Je frappai timidement. Une femme ouvrit, passant la tête à travers l'entrebâillement de la porte.

« Que voulez-vous ? demanda-t-elle d'un ton peu amène. »

Elle était vieille, très vieille. Elle était aussi très belle. Elle avait une peau d'ébène, un visage légèrement ridée, et des cheveux que je comparerais volontiers à des flocons de neige. Elle parlait avec un drôle d'accent, et portait un accoutrement vraiment bizarre. Prête à nous claquer la porte au nez, elle se ravisa dès qu'elle vit Figaro, nous invitant à entrer.

Cette femme était une voyante. Je n'avais jamais été très superstitieuse, mais je devais avoir confiance. Quelques minutes plus tard, nous étions, Raoul, la femme, et moi, réunis autour d'une table ronde. Figaro avait disparu. La femme tenait dans la paume de sa main une boule de cristal. Le silence autour de moi était total. La voyante se mit à débiter toute une littérature, dans une langue étrangère. Puis, elle me regarda de ses yeux d'or et dit :

« Je vois beaucoup de choses… oui, beaucoup de choses. Je vois un grand feu autour duquel dansent plusieurs femmes… »

Altagrâcia – c'était le nom de la voyante – n'arrêtait pas de me fixer.

« Je vois aussi une jeune fille en robe blanche. Elle est au service du diable… »

Je me sentais comme envoûtée. Je croyais sentir la chaleur du feu sur mes joues et j'entendais distinctement les battements saccadés du tambour (ou bien était-ce plutôt ceux de mon cœur ?) Cette jeune fille dont parlait la femme, c'était Karoll-Ann, et la scène qu'elle décrivait, c'était bien celle à laquelle j'avais assisté et qui avait été dessinée sur le tableau.

Altagrâcia continuait :

« Cette jeune fille est une adepte du démon contre sa volonté… à cause d'une imprudence… Maintenant, je vois un garçon et une fille bavardant sur le perron d'une porte, des années plus tard… »

Je tressaillis, et levai les yeux vers Raoul. Je n'arrivai pas à rencontrer son regard. Il fixait la boule de cristal. Savait-il que c'était de nous que parlait Altagrâcia ?

« Puis voici un cimetière, un très grand cimetière… un souterrain… Mais quoi d'autre ? Une corbeille ? Non. C'est un berceau. Et un bébé. Son avenir dépend des deux adolescents… »

Soudain, la femme s'arrêta. Elle se leva, ouvrit un tiroir, et en sortit un énorme couteau qu'elle me tendit :

« Lui seul a le pouvoir de tuer la princesse des ténèbres. Et toi seule peux t'en servir. Ne t'en sépare jamais, et le moment venu, enfonce-le lui dans le cœur. »

Il n'y avait personne au château, tout le monde s'étant rendu à Port-au-Prince pour mes funérailles. Comment y pénétrer sans avoir les clés ? Raoul me demanda une de mes épingles à cheveux. Il l'utilisa pour ouvrir la porte. Bientôt la serrure cédait. Il avait réussi. J'actionnai l'interrupteur : rien. Heureusement que je n'étais pas seule. Raoul et moi, nous partîmes à la recherche de bougies. La salle à manger fut bientôt éclairée. La proximité de mon ami m'intimidait un peu. Et je rougissais comme une pivoine lorsqu'il soutenait mon regard avec un petit sourire au coin des lèvres. Je croyais me noyer dans les vagues de ses yeux…

Dès que nous fûmes confortablement installés, je le bombardai de questions. Je voulais tout savoir de ce qui m'était arrivé depuis le moment où l'on m'avait cru morte. Il m'expliqua tout.

Pour commencer, ma « mort » datait de quatre jours. On m'avait transportée à la morgue où l'on m'avait gardée deux jours, et le lendemain, c'était aujourd'hui. J'appris avec horreur qu'on allait procéder à mon incinération. Si donc je m'étais réveillée quelques heures plus tard…

« Et le pire, murmura Raoul, c'est que je n'aurais rien fait pour les en empêcher, puisque je n'ai vraiment cru à toutes ces histoires qu'au moment où tu es revenue à toi… »

Mais que m'était-il arrivé exactement ? Si tout ce que je savais sur la zombification était exact, je n'aurais jamais dû me réveiller aujourd'hui. J'allais demander son avis à Raoul, mais il m'interrompit :

« Stéphanie, je voudrais te poser une question qui me brûle les lèvres depuis cet après-midi…

– Qu'est-ce que c'est, Raoul ? demandai-je dans un souffle.

– Eh bien… »

Il hésita une seconde puis se décida enfin à se jeter à l'eau :

« Ce matin, à Pax Villa, j'ai fait la connaissance de ton amie Anne-Valérie Martinique, et elle m'a dit que tu lui avais écrit il y a quelques jours… »

Je me souvenais très bien de cette lettre, où je racontais à Valou avoir rencontré le grand amour de ma vie : Raoul. Qu'avait raconté

Anne-Valérie à ce dernier ? Raoul me considérait avec la même intensité que la première fois. Je rougis sous son regard. Il poursuivit :

« Elle m'a dit que tu m'aimes bien. Est-ce vrai ? »

Je baissai les yeux, terriblement embarrassée. Mon amie me croyait morte, certes… mais tout de même ! Je les imaginais bien toutes les trois, Anne-Valérie, Alice et Maureen, relatant entre deux sanglots quelques tranches de ma vie. Et je rageais intérieurement en pensant à tout ce qu'elles avaient dû révéler. Mais, tout au fond de moi, je remerciais Anne-Valérie. Sans s'en douter, elle m'avait rendu un énorme service…

« Oui, avouai-je à Raoul d'une toute petite voix. »

Il s'approcha de moi, me prit par le menton… Allait-il m'embrasser ? Oui, j'en étais sûre…

Mais à cette seconde précise, un bruit se produisit à la cave. Je sursautai. Raoul également. Il me prit par la main, et nous nous dirigeâmes vers le sous-sol. Où donc était Figaro ? Nous aurions peut-être besoin de lui. Je pris un chandelier au passage. Nous descendîmes doucement l'escalier. Et nous nous retrouvâmes dans le couloir aux tableaux. Celui qui avait aiguisé ma curiosité était à sa place et semblait nous faire des menaces. Je m'en approchai. Raoul me tenait encore la main. Je crus un moment que mon cœur allait céder. La toile ne représentait plus Karoll-Ann, mais moi. Et quelqu'un d'autre était à mes côtés : Raoul. Lui aussi avait les yeux fixés sur le tableau.

« Prête-moi ça, me dit-il en désignant le chandelier. »

Je le lui tendis. Il semblait fasciné par cette peinture, comme je l'avais été moi-même le jour de mon arrivée à la Vallée Sauvage. Il posa la bougie sur une étagère, à côté de la toile, pour l'observer à son aise. Il se produisit alors une chose des plus extraordinaires : le mur devant nous se partagea en deux, découvrant une entrée. Nous avions trouvé le passage secret de Xavier Leconte.

Raoul saisit de nouveau le chandelier, et l'entrée du souterrain se referma.

« Il nous faudrait une lampe de poche, dit-il. »

« Rappelle-moi la date d'aujourd'hui, murmurai-je à mon compagnon.

– Trente et un octobre. »

Je frémis. Les dernières paroles de Xavier Leconte me hantaient :

« Agis vite. Avant le premier novembre. Si tout n'est pas fait à temps, le destin frappera comme Alpasie l'a voulu et, nouvelle victime, tu nous rejoindras, dans le néant… »

Je tendis à Raoul la lampe de poche que j'avais trouvée. Il manoeuvra alors le mécanisme, et s'engouffra dans le souterrain. J'hésitais. Mais ce n'était pas le moment de reculer. Je suivis donc Raoul. Celui-ci faisait la moue. Il régnait dans le passage une odeur de pourriture qui donnait la nausée. Instinctivement, Raoul et moi, nous nous prîmes la main. Soudain, je poussai un cri. Un énorme rat venait de me passer sur le pied.

« Ça va ? voulut savoir mon compagnon. »

Je lui répondis oui, mais en réalité, j'avais beaucoup de mal à respirer. Un tas de rats et d'autres bestioles répugnantes semblaient avoir élu domicile dans le passage secret. Tout à coup, j'entendis chanter. Une voix de femme. Elle fredonnait en créole :

Ou chèche m'
Ou pa jwenn mwen
Pa kontinye chèche m'
Sinon se nan twou- a
Wa va jwenn mwen.

Ce qui voulait dire :

Tu m'as cherchée
Tu ne m'as pas vue
Abandonne tes recherches
Sinon dans le fossé
Tu me rejoindras.

La chanson s'arrêta aussi brusquement qu'elle avait commencé. Nous entendîmes alors un ricanement vulgaire. Il déchira l'air et me fit sursauter. Raoul me serra contre lui. J'essayais en vain de contrôler les battements fous de mon cœur. J'avais peur.

Nous continuâmes à marcher. Enfin, nous parvînmes au bout du passage. Nous nous retrouvions devant un mur de pierre. Comment sortir du souterrain ? Il était dix heures et demie. Dans quatre-vingt dix minutes, ce serait le premier novembre. Je m'appuyai contre le mur, cédant au désespoir. Je fus alors projetée en arrière.

« Tu as trouvé ! s'exclama Raoul. »

Nous étions tous deux de l'autre côté du mur, dans le cimetière. Etait-ce mon imagination, ou bien entendais-je réellement au loin des roulements de tambour ? Je frissonnai. Tout au fond de moi, je savais que la fin de l'histoire était proche. Mais comment allait-elle se terminer ?

Un miaulement. Figaro. Il était revenu. Nous lui emboîtâmes le pas. Bientôt, je pus reconnaître les lieux. Nous étions dans l'allée qui conduisait à la tombe de Karoll-Ann. Encore une fois, nous perdîmes le chat de vue. Par contre, nous entendions encore le refrain créole :

Ou chèche m'
Ou pa jwenn mwen
Pa kontinye chèche m'
Sinon se nan twou- a
Wa va jwenn mwen.

La personne se cachait derrière les buissons. Il fallait absolument que je l'identifiasse. Je m'élançai vers l'endroit d'où provenait la voix :

« Stéphanie ! cria Raoul. Reviens ! »

Je ne l'écoutai pas. Bientôt, j'arrivai près des arbrisseaux. Une fille blonde me donnait dos. Elle chantait de plus belle, recommençant à chaque fois avec beaucoup plus d'entrain :

Ou chèche m'
Ou pa jwenn mwen
Pa kontinye chèche m'
Sinon se nan twou- a
Wa va jwenn mwen.

Soudain, elle fit volte-face. Je poussai un cri de surprise. Cette jeune fille, je la connaissais pour l'avoir vue en photo. C'était Alpasie. Et elle était exactement pareille, quarante ans plus tard !

Je me mis à trembler. Alexandra Pascale Sina était dans une colère noire.

« M'ap fè ou regrèt ou vini ! hurla-t-elle. » (Tu vas regretter d'être venue.)

Elle m'aspergea le visage d'un liquide noirâtre. Je perdis connaissance.

CHAPITRE 7

Lorsque je me réveillai, je réalisai que l'on m'avait lié les poignets et les chevilles, bâillonnée et attachée à un arbre. Un grand feu avait été allumé, et des femmes dansaient autour, suivant le rythme du tambour. Alpasie me regardait avec des yeux où pouvait se lire la plus grande haine du monde. Elle me gifla rageusement.

« Arrête, dit quelqu'un. »

Je levai les yeux. Un vieillard se tenait devant moi. Un bòkò aux cheveux grisonnants. Son visage n'était que cruauté. Il gardait les yeux rouges fixés sur moi.

« Brûlez-la ! cria-t-il en se tournant vers les gens rassemblés autour du feu. »

J'allais mourir. Cette certitude me donnait envie de hurler. J'allais mourir, sans avoir accompli la mission que m'avaient confiée Karoll-Ann et Xavier.

« Non. Elle ne mourra pas. »

C'était Karoll-Ann. Elle parlait tout en me détachant de l'arbre. L'homme recula, épouvanté. Le rouge semblait monter au nez d'Alpasie. Elle était dans une rage folle.

« Sais-tu ce qui arrive aux pestes comme toi ? demanda-t-elle à Karoll-Ann. »

Celle-ci s'appuya contre l'arbre, les bras croisés. Elle secoua négativement la tête. Le bòkò approchait. Derrière lui se tenait un zombi. Derrière lui se tenait Rébecca.

L'homme récitait une sorte de formule. Je vis le visage de Karoll-Ann se crisper sous l'effet de la douleur. Alors, sans perdre une seconde, je fonçai sur Alpasie, tirai mon couteau et le lui enfonçai dans le cœur. Trois secondes plus tard, il était minuit.

Alpasie ouvrit grand les yeux, oscilla, trébucha. Baignée de sang, elle tentait de se relever. Je me précipitai sur elle et, d'un coup de pied, je la poussai au milieu des flammes…

Je me tournai vers le vieillard qui essayait de filer en douce. Il eut un mouvement de recul.

« Comment guérir Rébecca ? demandai-je avec une assurance qui m'étonna moi-même. »

Il me tendit un flacon, puis s'en fut sans demander son reste. Tous les autres le suivirent. Ils étaient restés immobiles, sans rien faire.

Rébecca resta debout, regardant dans le vide. Le feu s'était éteint. La brise soufflait doucement sur les cendres d'Alpasie.

Je m'approchai de mon amie, et après avoir ouvert le flacon, je lui en fis absorber le contenu. Aussitôt, elle cligna des yeux et revint à elle :

« Où sommes-nous ? »

En voyant les cendres d'Alpasie dur l'herbe brûlée, elle se mit à hurler. Comment la faire taire ? J'entendis quelqu'un approcher. Raoul.

« Stéphanie, je t'ai cherchée partout ! s'exclama-t-il. »

Je m'élançai dans ses bras. Et c'est alors seulement que je réalisai tout ce qui aurait pu m'arriver. Je fondis en larmes. De son côté, Rébecca pleurait maintenant en silence. Elle était beaucoup trop sous le choc pour nous demander ce qui était arrivé.

« C'est fini, murmura Raoul en nous serrant toutes les deux contre lui. C'est fini… »

Nous nous dirigeâmes vers la sortie du cimetière.

« Stéphanie ?»

Je me retournai. C'était Karoll-Ann. Elle tenait un enfant dans ses bras.

« Ce sera le tien, murmura-t-elle en souriant. Enfin, le vôtre, ajouta-t-elle en se tournant vers Raoul. Appelez-la Karoll-Ann… »

Elle disparut. Je ne la reverrais plus jamais. Ma vie allait reprendre son cours normal. Et aussi singulier que cela puisse paraître, j'avais un petit pincement au cœur. En passant devant la tombe de Karoll-Ann, je jetai un coup d'œil :

Ci-gît Karoll-Ann Goscinny
9 avril 1938 – 1er novembre 1954
Que son âme repose en paix.

Tout était en ordre. Xavier Leconte et sa protégée reposaient en paix.

De retour au château, Rébecca monta directement se coucher dans ma chambre. Raoul et moi, nous restâmes un moment au rez-de-chaussée. Raoul leva les yeux vers moi :

« Je crois que je te dois quelques explications, dit-il. »

Je hochai la tête. Tandis que je me laissais choir sur un canapé, le garçon se mit à arpenter la pièce.

« Je n'ai pas toujours habité la Vallée Sauvage, tu sais, fit-il après un moment. J'ai passé toute mon enfance à New York. Mes parents et moi avons emménagé ici il y a seulement deux ans. »

Je l'invitai à continuer, ce qu'il fit.

« Nous vivions encore aux Etats-Unis lorsque j'ai rencontré Arnold Leconte. Je ne le connaissais que de nom. Je n'arrivais pas à m'expliquer comment lui, il pouvait me connaître. Il avait abandonné sa propriété à la Vallée Sauvage, *parce qu'elle est hantée*, disait-il. J'étais au courant, par Rébecca, de toutes les rumeurs qui existaient au sujet du château des Leconte, suite au drame qui s'y était joué, quarante ans plus tôt.

« J'ai rencontré Arnold par hasard dans un train. "Eh toi, là-bas ! a-t-il crié en m'apercevant. Approche un peu par ici." Comme je ne m'exécutais pas, il est venu lui-même à moi. C'était un homme très âgé. Il a tiré de sa poche une photo qu'il m'a montrée. *Tu vois, Raoul*, a-t-il dit. *Ça, c'est Karoll-Ann. Je compte sur toi pour veiller sur elle. Elle reviendra, je t'assure. Elle reviendra. N'est-elle pas bien jolie ?* Il m'a donné la photo, et comme le train s'arrêtait, il est descendu dans la foule… »

Raoul s'interrompit. Il fouillait dans sa poche. Il me tendit une photographie. C'était bien Karoll-Ann.

« Je n'ai pas accordé d'importance à cette histoire. J'ai pris cet homme pour un fou, d'autant plus qu'il ressemblait grandement à un clochard. J'ai même failli jeter la photo. Surtout lorsque j'ai appris, tout à fait par hasard, qu'Arnold Leconte était décédé depuis deux ans déjà. Ce ne pouvait être lui qui m'avait abordé. Et puis, mes parents ont, peu après, subitement décidé d'emménager ici. J'ai fait ta connaissance, et tout s'est précipité. Je n'en croyais pas mes yeux. Karoll-Ann était revenue. Karoll-Ann, c'était toi. Le fantôme d'Arnold Leconte m'avait chargé de te protéger…

« Je ne pouvais malgré tout me résoudre à croire à tout cela. C'est alors que Figaro est venu à moi, et il m'a convaincu. »

Raoul s'assit à mes côtés. Il y avait tant d'autres choses que j'aurais voulu savoir. Pourquoi cette ressemblance frappante avec Karoll-Ann ? Etais-je sa réincarnation ? Je ne savais même pas ce que voulait vraiment dire ce mot…

Qu'importait ? Seul le moment présent comptait maintenant à mes yeux. Et ce moment, je le passais en compagnie de Raoul. Il était tout près de moi. Je pouvais même sentir son souffle dans mon cou.

« Stéphanie ? »

Je levai les yeux vers lui. Mon cœur battait la chamade.

« Je t'aime, fit-il très doucement. Je sais que cela peut te paraître étrange, mais moi non plus je n'arrive pas à me l'expliquer. Dès que je t'ai vue, j'ai su que nos destins seraient liés… »

Il me scrutait de ses yeux verts.

« Moi aussi, je t'aime, Raoul, dis-je. »

Alors seulement, il m'embrassa.

EPILOGUE

« Stéphanie, réveille-toi ! »

Je soulevai les paupières. C'était ma mère.

« Nous sommes presque arrivées, dit-elle. »

Je me redressai :

« Où ça ? »

Je me trouvais dans un bus bondé. Le livre qui se trouvait sur mes genoux glissa et tomba par terre. Je le ramassai et en lus le titre : LES MYSTERES DU VODOU. J'étais maintenant complètement réveillée. Je m'étais endormie en lisant le dernier chapitre de ce bouquin. J'avais rêvé, mais je ne me souvenais pas trop bien de quoi il s'agissait. De façon embrouillée me revenait l'histoire d'une princesse des ténèbres ou quelque chose du genre.

Bientôt, le véhicule s'arrêta. Nous étions arrivés à la station de la Vallée Sauvage. Un croissant de lune se dessinait dans le ciel étoilé et une brise légère soufflait sur le village endormi. Un taxi nous attendait, ma mère et moi. Nous n'avions que peu de choses à transporter. Le camion des déménageurs avait presque tout embarqué la veille. Quant aux paquets restés à Port-au-Prince, mon père, encore là-bas, s'en chargerait.

Après quelques minutes, nous arrivâmes à destination. Et notre maison était tout carrément lugubre…

www.ingramcontent.com/pod-product-compliance
Lightning Source LLC
LaVergne TN
LVHW051019080826
845145LV00009B/2706

* 9 7 8 0 9 9 1 0 8 2 1 5 5 *